선생님도
학교 가기 싫을 때가 —— 있습니다

상처 입기 전에 알아야 할
현명한 교권 상식

김택수 김현희
양지열 이상우 지음

선생님도 학교 가기 싫을 때가 — 있습니다

창비

김택수

누군가 "교권이 뭐예요?"라고 물었을 때, 여러분은 어떻게 하시나요? 아마도 많은 분이 대충 답을 얼버무리거나 자리를 피해 버린 경험이 있으실 겁니다. 저 또한 그랬으니까요. 교권에 대해 알고 싶어 포털 사이트에 검색해 보면 '교권 추락' '교권 침해' 같은 부정적인 검색어들만 줄줄이 따라 나오곤 합니다. 교사이면서도 교권에 대해 잘 모르거나 알면서도 말하기 꺼리는 것은 그래서일지도 모릅니다. 입 밖으로 꺼내는 순간 나의 힘들고 슬픈 현실을 마주하게 되니까요.

사람은 다양한 관계를 맺으며 살아가고, 그 관계 안에서 삶의 의미를 찾습니다. 교사도 마찬가지입니다. 학생과 학부모, 관리자와 동료 교사, 넓게는 교직 사회라는 촘촘한 관계망 안에 존재합니다. 그러니 어쩌면 그 안에서 일어나는 갈등은 필연적이라고 말할 수도 있겠지요. 이 좌담은 그러한 갈등으로 생긴 선생님의 상처를 조금이나마 보듬어 주고 싶다는 바람으로 시작했습니다.

우리가 신호등을 기다릴 수 있는 건 신호가 곧 바뀐다는 걸 알고 있기 때문입니다. 알면 바꿀 수 있습니다. 저희의 이야기가 여러분의 교직 생활을 파란불로 바꾸기 위한 예비 신호가 되었으면 좋겠습니다.

김현희

저는 교권이 '추락했다'는 표현을 좋아하지 않습니다. 권위주의, 폭력적인 갑질, 비합리적이고 비민주적인 권력은 제가 생각하는 '교권'의 모습이 아니기 때문입니다. 한국 사회에서 교권은 추락한 것이 아니라 아직 제자리를 찾지 못했을 뿐입니다.

네 사람이 함께 나눈 솔직한 좌담은 투명한 소통이 강건한 신뢰를 만든다는 믿음에서 출발했습니다. 일상의 사례로 접근했지만 교육에 대한 근본적인 고민을 놓지 않았습니다. 교권을 둘러싼 낡은 틀을 깨고, 사회 변화와 시대정신에 맞는 균형점을 찾고자 노력했습니다.

교권은 자의적인 권력이 아니라 민주주의 원리와 교육적 합의를 기반으로 한 정당한 공권력으로 자리 잡아야 합니다. 교사의 편의나 이익 신장이 아닌, 학생의 학습권과 학부모의 참여권을 보장하기 위해서입니다. 교육의 책임성과 전문성도 마찬가지입니다. 교권은 교사의 정당한 공적 권한이면서, 동시에 교육을 제대로 수행하기 위한 핵심 장치입니다. 이 책이 새로운 시대에 부합하는 교권 입문서가 되길 바랍니다.

이상우

　혹시 '법 없이도 살 사람'이라는 말을 들어보셨나요? 예전에는 이 말이 착한 사람 또는 남에게 피해 주지 않는 사람에게 하는 칭찬이었습니다. 그런데 지금은 어떤가요? 법에 대해 전혀 모른다면 꽤 곤란한 상황에 처할 수도 있습니다. 자신이 인식하지 못한 사이에 억울한 일을 당할 수도 있고, 때로는 타인에게 피해를 줄 수도 있지요. 법을 모르고 잘 살기는 어려운 시대가 되었습니다. 「교육기본법」, 「초·중등교육법」, 「교원지위법」 등 교사가 알아야 할 법규가 많지만, 그럴수록 교사는 법과 거리를 두면 안 됩니다.

　이 책은 한 번에 읽기 부담스럽지 않은 분량으로 교사가 미리 알아두면 좋을 법규와 제도를 안내하고 있습니다. 교권을 제대로 알고, 보호하기 위한 내용을 핵심적으로 담았습니다. 예기치 않게 교권을 침해받았을 때, 어떻게 하면 지혜롭게 대응할 수 있을지 충분한 사례와 경험에서 나온 솔루션도 함께 소개했습니다.

　이 책을 통해 '법알못(법을 알지 못하는)' 교사도 '법좀알(법을 좀 알고 있는)' 교사로 거듭날 수 있기를 기대해 봅니다.

양지열

사람은 한 사회의 구성원으로서 다른 구성원과의 교류를 통해 가치를 판단하는 법을 배우며 살아갑니다. 그렇게 인류는 한 세대의 지혜를 다음 세대로 전해 주며 현재에 이르렀습니다. 이것을 가능하게 만든 사람이 바로 선생님입니다.

하지만 세상은 빠르게 변하고, 새로운 세대를 길러 내는 교사의 역할과 위상에도 많은 변화가 생겼습니다. 예전에는 본 적 없던 일들이 학교 안팎으로 벌어지면서 교사로서의 권리와 역할을 짚어 볼 필요성도 커졌습니다. 그러한 필요가 이 책으로 이어졌다고 할 수도 있겠지요.

세 분의 선생님들과 가졌던 이 좌담이 저에게는 오늘날의 학교와 교사라는 직업에 대해 속 깊은 이야기를 들을 수 있었던 귀한 자리였습니다. 가능하면 법의 도움을 받지 않고 해결할 수 있는 방법은 무엇일지 고민하는, 어쩌면 변호사로서는 색다른 경험이기도 했습니다.

자유는 자신의 권리와 책임의 한계를 분명히 알고 있는 것에서 출발합니다. 교사 스스로 자신의 권리와 책임을 잘 알고 있다면 앞으로 어떤 교사가 될 것인지 길을 찾는 것이 조금 쉬워지지 않을까요? 저희의 이야기가 여러분이 가실 길에 작은 나침반이 되면 좋겠습니다.

차례

그날 교실에서는 무슨 일이 있었나
#교사와 학생

저도 우리 집 귀한 자식입니다만
#교사와 학부모

3장 학교 내부자들
#교사와 교사

4장 불편한 학교
#교직 문화

5장 아무튼, 교권
#교사의 권리

그날 교실에서는
무슨 일이 있었나

님아, 교실을 나가지 마오

　새 학기 첫 수업 시간, 저는 반 학생들에게 모둠별로 감정카드를 한 벌씩 나눠 주었어요. 친구들의 감정을 맞춰 보며 서로를 알아 가는 시간을 갖기로 했죠. 별다른 문제없이 수업을 진행하고 있는데, 갑자기 어느 모둠에서 싸우는 소리가 들렸어요. 함께 보라고 나눠 줬던 감정카드를 한 학생이 혼자 독차지하려고 해서 다른 친구들과 다툼이 생긴 거예요. 저는 그 학생에게 감정카드는 모둠별로 나눠 준 것이니 친구들과 함께 보면 좋겠다고 타일렀어요. 하지만 그 말을 들은 학생은 오히려 씩씩거리며 제게 화를 내더라고요. 선생님은 다른 친구들 편만 든다고요. 그러더니 자리에서 벌떡 일어나 교실 뒷문으로 향했어요.

　"너, 어디 가니?"

　"몰라요!"

　저는 처음 겪는 이 상황이 당황스러워서 교실을 뛰쳐나가는 학생의 뒷모습을 멍하니 바라볼 수밖에 없었어요. 이럴 때 저는 어떻게 해야 할까요?

수업 도중 교실을 뛰쳐나간 아이

김택수　수업을 하다 보면 학생들로 인해 곤란한 일을 겪는 경우가 종종 있어요. 수업에 집중하지 않고 장난치는 건 애교죠. 잠을 자는 건 적어도 수업은 방해하지 않으니 고맙다고 할까요? 그중 최고는 수업 중에 학생이 교실을 뛰쳐나가는 상황인 듯해요. 선생님들도 경험해 보셨죠?

이상우　맞아요. 저도 수업 중에 몇 번 경험해 봤거든요. 솔직히 멘붕에 빠지죠. 학생이 갑자기 교실을 나간 이유가 무엇일지 생각할 겨를도 없어요. 어쨌든 학생이 교실을 나가면 교사는 어떻게든 다시 데려와야겠다는 생각뿐이에요. 제가 처음 이런 일을 겪었을 때는 너무 급한 나머지 학생을 직접 쫓아가거나 반에 있는 다른 아이들을 추격조로 꾸려서 데려오라고 시켰어요. 지금은 그렇게 대처하진 않아요.

양지열　아무래도 교사 입장에서는 갈등이 될 거예요. 뒤쫓아 가야 할지, 내버려 둬야 할지. 만일 아이가 초등학교 저학년일 경우에는 더더욱 고민에 빠지죠. 뛰쳐나간 아이도 큰일이지만 교실에 남은 반 아이들도 문제거든요. 뛰쳐나간 아이를 찾으러 갔다가 만약에 교실에서 사고가 발생한다면 그에 대한 책임 또한 교사가 져야 하니까요. 교실을 나간 아이를 찾으러 갈 거면 남아 있는 아이들은 다른 어른에게 부탁해서 보호 조치를 해야 해요.

이상우　만약 뛰쳐나간 아이가 멀리 가 버린 것 같으면 옆 반 선생님께 반 아이들을 부탁하고 찾아 나설 수도 있어요. 하지만 원칙적으로는 선생님이 직접 쫓아가기보다 관리자나 교무실에 계신 다른 선생님에게 그 상황을 알리는 것이 우선이에요. 학생이 학교 밖으로 나가지 않도록 학교 보안관, 교감 선생님, 동료 선생님 중 누구라도 좋으니 함께 학생을 찾아서 더 큰 위험을 막아야 해요.

김현희　저도 초임 교사 때 그런 학생을 담임해 본 경험이 있어요. 솔직히 교사로서 자괴감이 드는 상황이죠. 학생이 뛰쳐나가 버린 상황도 받아들이기 힘들지만, 그로 인해 다른 학생들이 정상적인 수업을 받지 못하게 되는 상황도 못지않게 힘들어요. 제 자신이 교사로서 제대로 책임을 다하지 못한 것은 아닌가 하는 감정 소모도 크죠. 이런 상황들이 결국에는 학생들에게 좋지 않은 영향으로 돌아가게 마련이니까요.

　예전 교과 전담 시절에 겪은 일이에요. 작은 자극에도 굉장히 큰 반응을 보이던 학생이 있었어요. 사소한 일에 화를 내고, 책이나 물건을 집어 던졌어요. 교실에 철퍼덕 주저앉아 종이를 막 찢다가 갑자기 엉엉 소리 내며 울기도 하고요. 막무가내였죠. 수업을 진행할 수 없을 만큼 소란스러울 때는 담임 선생님에게 그 상황을 알렸어요. 그러면 담임 선생님이 와서 그 학생을 데려갔고, 그제야 나머지 아이들과 다시 정상적으로 수업을 할 수 있었죠.

　하루는 수업이 끝나고 담임 선생님에게 평소에 이런 일이 생기면 어떻게 대처하는지 여쭤봤어요. 저야 교과 전담이니 이런 일을 가끔 겪지만 담임은 그렇지 않을 거잖아요. 알고 보니 그분도 여태까지 속수무책이었다고 하더라고요. 수업 중에 똑같은 상황이 벌어져도 도움 청할 곳이 없었대요. 초임 교사 시절 제가 겪었던 일들이 지금도 그대로 반복되고 있는 거죠. 그분이 자조 섞인 목소리로 털어놓는 사연에 한숨이 나왔어요.

한번은 학생의 이상 행동을 참다못해 관리자에게 이야기한 적이 있대요. 해결책이랍시고 돌아온 대답은 "선생님이 더 마음을 열어 봐요."라는 말이었고요. 외국에서는 수업 중에 학생이 일탈 행동을 하면 그 학생을 교장실로 보내는 경우가 흔하거든요. 우리도 학생이 교사의 지시를 따르지 않거나 다른 학생들의 학습권을 침해하면 담임 선생님 대신 관리자가 지원하는 제도와 문화가 정착되어야 해요. 교사의 교권과 학생들의 학습권을 함께 보장하기 위한 수단적 조치로서 말이죠.

교사와 보호의 의무

양지열 교사에게는 학생들을 보호해야 하는 의무가 있어요. 물론 학생의 일차적인 보호자는 부모가 맞아요. 하지만 수업 시간이나 점심시간, 청소 시간 등 학교에서 일어난 사고는 선생님에게 일차적 책임이 있어요. 교사가 교실에 있는 동안에는 학생들끼리 저지른 일이더라도 책임은 교사가 져야 한다는 거죠.

만약 자습을 시켜 놓고 선생님은 다른 업무를 했는데 아이들끼리 장난치다 한 아이가 크게 다쳤다면 선생님에게 책임을 묻는 거예요. 선생님에게는 학생들을 보호해야 하는 법적인 의무가 있으니까요. 이런 일이 생겼을 때는 선생님 혼자서 가치 판단을 하지 말고 반드시 학부모님께 알려야 해요.

이상우 괜히 학부모에게 전화했다가 반응이 안 좋을 것 같아서 알리지 않는 경우도 있잖아요. 옳지 않은 방법이에요. 교실에서 반복적으로 일어난 일임에도 학부모에게 알리지 않았다는 것이 입증되면 나중에 더 큰 책임을 물 수도 있거든요. 교육의 기본은 학교와 가정의 협력이기 때문에 문제가 생겼을 때는 반드시 학부모에게 알려야 해요.

김현희 당연히 교사에게는 학생을 보호할 의무가 있어요. 그 의무에는 물리적이고 신체적인 보호는 물론 정서적인 보호와 학생의 학습권 보호까지도 포함돼요. 교사의 교권을 보장해야 하는 이유도 궁극적으로는 교권이 보장되지 않으면 학생을 보호할 수 없기 때문이고요. 교권과 학습권의 공존에 대해 다시 한번 생각하게 되는 대목이에요.

⚖️ **보호·감독의 의무**

민법 제755조(감독자의 책임)에 따라 교장이나 교사는 학교 안에서 학생들을 보호·감독할 의무를 지닌다.

자신이 책임질 수 있는 범위를 파악하자

양지열 교권과 학습권이 공존하기 위해서는 자신이 책임질 수 있는 범위를 잘 파악하고 있어야겠죠. 교사에게 학생에 대한 보호의 의무가 있는 건 사실이지만 교실 안에서 벌어진 모든 일을 선생님 혼자서 감당할 수는 없어요. 그러니까 문제가 생겼을 때 과연 이 일이 자신이 책임질 수 있는 일인지를 빨리 판단해야 해요.

만일 선생님이 책임질 수 없는 일이라면 서둘러 적절한 조치 방안을 찾아야 해요. 문제를 해결하기 위해서는 학부모와 대화가 필요할 수도 있고 학교 차원에서 징계를 내려야 할 수도 있거든요.

「초·중등교육법」을 보면 원칙적으로 학생에 대한 징계권은 학교장이 가지고 있어요. 교사가 학생에게 직접 징계를 내릴 수 있는 것이 아니에요. 징계를 내리기 위한 별도의 절차도 필요하고요. 그 모든 상황을 선생님 혼자서 해결하는 건 당연히 불가능해요. 게다가 어떻게든 문제를 해결해야 한다는 압박감과 부담감이 필요 이상의 스트레스를 불러올 수도 있어요.

⚖️ **초·중등교육법 제18조(학생의 징계)**

----

① 학교의 장은 교육상 필요한 경우에는 법령과 학칙으로 정하는 바에 따라 학생을 징계하거나 그 밖의 방법으로 지도할 수 있다. 다만, 의무교육을 받고 있는 학생은 퇴학시킬 수 없다.

청소년 재판을 맡다 보면 물건을 훔쳐서 신고당한 사례를 자주 보게 돼요. 초등학교 고학년쯤 되면 사춘기가 시작되고, 그만큼 스트레스도 많이 쌓이잖아요. 그럴 때 물건을 훔치는 걸로 스트레스를 푸는 학생들이 가끔 있거든요.

훔치는 장소도 다양해요. 편의점, 화장품 가게, 서점 등등. 그런데 어떻게 학교 밖에서 일어나는 일까지 선생님이 일일이 관리할 수 있겠어요. 선생님의 잘못이 아니라는 것을 스스로도 잘 알고 있지만 그런 일들이 몇 번씩 반복될 때마다 많은 선생님들이 자책감과 무력감을 느

안내장으로 교사의 과중한 책임 나누기

안내장으로 선생님에게 주어진 과중한 책임을 나눠 보면 어떨까요? 학생이 구두 지도로 끝날 범위를 넘어선 문제를 일으켰다면 학부모에게 안내장을 써서 그 내용을 공유하는 것이죠.

그렇게 하면 문제의 원인이 학교 외부에 있을 경우 부모를 통해 학생에 대한 정보를 얻을 수 있고, 더 큰 문제가 발생했을 때 선생님이 과도한 책임을 져야 하는 일을 막을 수도 있어요. 선생님은 자신의 역할을 다했다는 증거인 셈이니까요.

안내장을 쓸 때는 가치 판단보다 정확한 사실을 전달하는 것이 중요해요. '3교시 쉬는 시간에, A 학생이 B 학생의 이름을 놀렸다는 이유로, B 학생이 A 학생의 배를 오른손 주먹으로 두 차례 세게 때렸다.' 이렇게 육하원칙에 맞춰서 정확한 상황을 전달하는 거죠. '누가 더 나빴다.' '누구의 잘못이다.' 등 교사의 개인적인 가치 판단은 가능한 들어가지 않도록 주의하세요.

껴요. 그러다 보면 학생들을 가르치는 것에도 부정적인 영향이 갈 수밖에 없죠. 악순환인 거예요. 그렇게 되지 않으려면 책임을 주변과 나누는 것이 필요하다고 봐요.

김현희 자신이 책임질 수 있는 범위를 파악해야 한다는 의견에 전적으로 동의해요. 교사가 스스로 자신이 책임지지 못할 범위의 일을 하는 경우가 종종 있거든요. 저는 교사가 학생이나 학부모와 심도 깊은 상담을 직접 하는 것을 보면서 비슷한 문제의식을 가졌어요.

전문 상담 교사가 없는 학교에서는 보통 교사가 직접 학생과 학부모의 상담을 주도해요. 학교생활이나 진로에 대한 상담이 아니라 가정에서 문제가 생겼을 때도요. 실제로 선생님들 중에는 심리 상담을 공부하시는 분들이 꽤 있어요. 학생이나 학부모와 원활한 관계 맺기를 위해 공부하는 분도 있고, 구체적인 목적은 없지만 언젠가 도움이 될 거라는 생각으로 공부하는 분도 있죠.

의도 자체는 나쁘지 않아요. 하지만 경우에 따라서는 어설프게 배운 것이 모르는 것보다 더 위험할 수 있어요. 어설프게 습득한 상담 기법을 곧바로 학생에게 적용했다가 괜히 학생의 상처만 헤집어 놓을 수 있거든요. 학부모와 상담을 하면서 그 가정의 문제에 관여하려 나서던 선생님을 본 적도 있어요.

물론 그 마음은 이해돼요. 교실은 작은 사회거든요. 그 안에서 교사는 자신도 모르게 경찰이 됐다가 의사가 됐다가 종래엔 판사까지 되곤 해요. 하지만 선생님도 사람인데, 모든 역할을 잘해 낼 수는 없어요.

그러니 교사로서 반드시 해야 할 일, 해도 되지만 안 해도 되는 일, 절대 하면 안 되는 일을 명확하게 구분하는 것이 중요해요.

양지열 정말 중요한 말씀이에요. 필요 이상으로 간섭하다가 일이 잘못되면 책임은 일을 벌인 교사가 져야 하거든요. 자신이 할 수 있는 일과 할 수 없는 일 사이에 정확히 선을 그을 수 있어야 해요.

이상우 전문 상담 교사가 배정되어 있는 학교에서는 학생들과 문제가 생겼을 때 전문 상담 교사의 도움을 받을 수 있어요. 그런데 생각보다 상담실을 잘 이용하지 않더라고요. 아마 선생님들이 갖고 계신 책무성 때문으로 보여요. 내 학생은 내가 교육해야 한다는 생각을 갖고

 I-메시지(I-Message)를 활용해서 상담실에 보내기

학생을 상담실에 보낼 때 "너 자꾸 그러면 상담실에 보낸다."라고 말하는 것은 좋지 않아요. 학생 입장에서는 배제나 벌처럼 느껴지기 쉽거든요. 그런 식으로 상담실에 보낸다고 한들 학생은 그곳에서 한마디도 하지 않을 확률이 높아요. 학생이 말을 하지 않고 버티면 상담 교사도 어쩔 수 없이 선생님께 다시 보낼 거고요.

상담실에 보낼 땐 우선 학생의 마음을 잘 추슬러 주시고, I-메시지를 활용해서 기분 나쁘지 않게 상담실에 갈 것을 권유해 보세요. 예를 들면 "선생님은 너와 즐겁게 공부하고 싶은데, 이런 상황이 되어서 속상해. 일단 상담실에서 마음을 달래고 오는 건 어떨까?"라고 하는 거죠.

있는 거죠. 상담 교사에게 학생을 맡기는 것이 자신의 한계를 인정하는 것처럼 느껴지기도 하나 봐요.

학생들이 상담실에 가서 선생님에 대해 안 좋게 이야기하거나 거짓말을 할까 봐 학생을 상담실에 보내지 않는 경우도 더러 있어요. 사실 상담할 때 거짓말을 안 할 수는 없거든요. 어른들도 하소연할 때 자기 잘못을 먼저 말하진 않잖아요. 학생들도 마찬가지예요.

상담실에 보낼 때는 가급적 수업 시간을 피해서 보내는 것이 좋겠지만, 학생의 문제 행동이 심각하다면 수업 시간이라도 학부모의 동의를 받고 상담실로 보내 보세요. 선생님도 잠시 마음의 여유가 생기고, 학생 역시 숨통이 트여요. 서로 윈윈(win-win)이 되죠. 선생님 혼자 모든 책임을 끌어안을 필요는 전혀 없어요.

김현희　교직 경력이 쌓이면서 알게 된 건 학생들의 행동 하나하나에 지나친 의미 부여를 할 필요가 없다는 거예요. 초임 시절에는 제 앞에서 학생이 문제 행동을 하면 '혹시 내 수업에 문제가 있어서 그런가?' '이 학생이 나에게 불만이 있나?' 하고 생각할 때가 많았어요. 그런데 시간이 지나고 보니까 꼭 그런 건 아니더라고요. 학생들은 각자의 성향에 따라 오랜 시간 집중하는 것이 어려울 수도 있고, 그날따라 기분이 안 좋을 수도 있어요. 학생들도 가정이나 친구 관계에서 스트레스를 받잖아요. 교사가 학생을 둘러싼 모든 문제를 인지하고 해결해 줄 수는 없어요. 자신이 할 수 있는 범위 안에서 최선을 다하고, 어쩔 수 없는 부분에 대해서는 겸허히 수용하는 자세도 필요하지 않나 싶어요.

말 좀 들어라, 제발!

"내가 더 높은 곳에 붙였지?"

"아닌데. 내가 더 높이 붙였거든."

흡연 예방 교육을 하러 들어간 교실은 수업을 시작한 지 십 분 만에 아수라장으로 변했어요. 빈칸을 채워 보라고 나눠 준 학습지는 어느새 아이들 손에서 비행기와 딱지로 변해 버렸고요. 다 쓴 학습지를 칠판에 붙이라고 했더니 이번에는 서로 더 높은 곳에 붙이겠다고 책상에 올라가 위험하게 뛰어다닙니다.

"얘들아, 위험해! 얼른 내려와!"

다른 교과 시간에도 사정은 마찬가지입니다. 선생님이 소리를 치든 말든 장난만 치며 수업을 방해하는 아이들 틈에서 저는 한숨만 푹 내쉬고 있어요.

선생님 말을 듣지 않는 아이들

김택수   초임 시절, 저희 반에 부정적인 말로 수업의 흐름을 끊는 학생이 있었어요. 가령 제가 "오늘은 날씨가 참 좋다." 하고 말하면 "날씨가 뭐가 좋아요?" 하며 되묻고, "다 같이 협동화를 그려 볼까요?" 하고 물으면 "싫어요. 저는 혼자 그릴래요." 하면서 말을 듣지 않았죠. 그럴 때는 화도 나지만, 이 학생을 어떻게 가르쳐야 할지 참 난감하더라고요.

양지열   제가 학생이었을 때는 선생님의 말씀을 따르지 않는다는 건 상상하기조차 어려웠는데 새삼 세월이 많이 흐른 것 같네요. 그만큼 학생들이 사회의 나쁜 면에 빨리 눈뜬 것일 수도 있겠죠.

아마 여러 가지 원인이 있을 테지만 저는 그중에서도 스마트폰이 가장 문제라고 생각해요. 스마트폰 하나로 무분별한 정보를 제한 없이 습득할 수 있으니까 나쁜 쪽으로 조숙해지기 쉽죠. 스마트폰을 통해 접하는 세상에서 학생들에게 어떤 일이 벌어지고 있는지 선생님은 알기 어려워요. 모르니까 통제하기는 더욱 어려울 거고요.

그렇다고 학생들에게서 스마트폰을 뺏자는 케케묵은 소리를 하고 싶은 건 아니에요. 선생님이 학생일 때 경험했던 환경과 지금 학생들을 둘러싸고 있는 환경은 엄연히 다르다는 거죠. 선생님이 학생들을 이해하기 어려운 것처럼 학생들 또한 선생님을 이해하기 어렵긴 매한가지일 거예요. 그런 상황을 보면 세상이 빠르게 변하면서 가장 직접적인 어려움을 겪고 있는 곳이 학교인 것 같네요. 선생님들께서 참 고생이 많으시겠어요. 아이들이 말을 안 들을 때마다 속상하고 화도 나시겠지만 그럴수록 요즘 아이들에 대해 알고자 노력하고, 먼저 다가가 보는 것도 좋을 것 같아요.

이상우 학생들이 수업에 집중하지 않고 선생님의 말을 듣지 않는 데는 스마트폰의 영향도 크지만 학습 과잉도 하나의 원인일 수 있어요.

요즘 학생들은 '학원 순례'라고 부를 정도로 여러 학원을 돌면서 공부를 하기 때문에 학습량이 지나치게 많아요. 게다가 선행 학습을 주로 하기 때문에 학교에서는 학원에서 미리 배운 내용을 '재탕'식으로 배우고 있어요. 그러니 학교 수업은 지루하게 느껴질 수밖에 없죠. 이미 학원에서 배운 걸 또 배우는 형국이니까요. 어른들도 한 번 본 영화를 처음부터 다시 보는 일은 드물잖아요.

게다가 학교에서 교사는 매번 한 명의 학생에게만 집중할 수 없어요. 어떤 학생을 신경 쓰고 있다 보면 어느새 다른 학생이 딴짓을 하고 있거든요. 학생들은 선생님이 모든 학생을 한번에 통제할 수 없다는 것을 본능적으로 알고 있어요.

김현희 학생들이 말을 듣지 않는 건 어찌 보면 당연한 일이기도 해요. 말 그대로 아직 아이니까요. 하지만 선생님의 말을 듣지 않고 수업에 집중하지 않는 것을 넘어서, 교사의 정상적인 교육 활동과 다른 학생들의 수업을 방해할 경우에는 민주적이고 공식적인 방법으로 상황을 해결해야겠죠.

도와주세요, 학생선도위원회!

김택수 수업 중 교사의 지시를 듣지 않고, 수업을 방해하는 학생 때문에 반 전체 혹은 학년 전체에 안 좋은 영향을 끼칠 것이 우려될 때 학교는 '학생선도위원회'를 열 수 있어요. 교사의 훈육만으로는 상황이 나아지지 않을 경우 교내에서 공식적으로 할 수 있는 조치예요. 그런데 선생님들 중에도 학생선도위원회에 대해 잘 모르는 분들이 많아요.

이상우 학생선도위원회를 설명하려면 「초·중등교육법」을 먼저 알아야 해요. 교사에게는 학생을 교육할 의무가 있고, 학생을 바른길로 선도할 의무가 있는데, 이에 대한 내용을 다루고 있는 것이 바로 「초·중등교육법」 제18조, 학생의 징계와 관련된 조항이에요. 이 조항을 근거로 교육상 필요하다 판단했을 경우 학교장은 법령과 학칙으로 정하는 바에 따라 학생을 징계하거나 그 밖의 교육 방법으로 지도할 수 있어요. 그 조항에 따라 만들어진 것이 바로 학생선도위원회고요.

양지열 학교폭력대책심의위원회가 학교 폭력 사건이 일어났을 때 가해 학생과 피해 학생의 이야기를 들어 보고 적절한 징계 조치를 하기 위해 여는 것이라면 학생선도위원회는 학습 태도가 불량하거나 교사의 지시를 따르지 않았을 때 교내에서 공정한 절차를 거쳐 자치적으로 해결하기 위한 기구라고 보면 될 것 같아요. 일종의 학교 법정이죠.

김택수 사연처럼 수업 중에 선생님의 말을 듣지 않고 지나친 장난을 치는 학생 때문에 학생선도위원회를 열 수 있을까요? 솔직히 저는 열지 않을 것 같아요. 이 정도 사안으로 학생선도위원회를 열어도 될지 확신이 안 서요. 별것 아닌 일을 괜히 크게 만든다고 동료들이나 관리자에게서 좋지 못한 시선이나 항의를 받을 수도 있고요.

양지열 예전에 학교폭력대책자치위원회 대책 위원이자 학교의 자문 변호사로 선임된 적이 있었어요. 그런데 그 일을 맡은 1년 동안 학교에서는 단 한 번도 연락이 안 왔어요. 선생님 이야기를 들어 보니까 연락이 없었던 이유를 알겠네요. 선생님들도 학생선도위원회를 여는 기준에 대해 정확히 모르기도 하고, 한편으로는 학생선도위원회를 여는 것 자체를 꺼려 하시는 거죠.

김현희 학교는 사적인 공간이 아닌, 공공의 이익을 추구해야 하는 공적인 공간이기 때문에 이런 위원회들을 좀 더 내실 있게 운영할 필요가 있어요. 저도 학생선도위원회의 필요성에는 공감하지만 실제로 열린 것을 본 적은 없어요. 저 역시 막상 일이 벌어져도 선뜻 학생선도위원회를 열어야겠다는 생각은 못 할 것 같아요. 마지노선쯤으로 생각하지 않을까요? 아직 한국 사회는 교직을 성직처럼 보는 경향이 있다 보니 학생선도위원회를 열려고 하면 '이렇게까지 해야 하나?' '어린아이를 이렇게까지 심판하는 것이 맞나?' 하는 심리적 장벽이 있을 것 같아요. 제가 초등 교사라 더 그렇게 생각하는 것일수도 있지만요.

이상우　중고등학교는 이런 사안이 생기면 학생선도위원회를 비교적 자주 여는데, 초등학교는 거의 열지 않아요. 100개 학교가 있다면 한두 군데 열까 말까 하죠. 저는 더 자주 열어도 된다고 보거든요.

물론 모든 문제를 공론화해서 해결할 필요는 없어요. 대화나 수업, 놀이 등을 통해서 관계를 풀어 나갈 수도 있고, 동학년 교사들과 함께 논의할 수도 있어요. 하지만 그 정도 수준을 넘어선 심각한 문제라면 선생님 혼자서 감당하는 것은 어려워요. 그럴 때는 혼자서 모든 걸 해결하려 하지 말고, 학생선도위원회 같은 방법을 활용하면 좋겠어요.

예를 들어 문제 학생이 그 당시에만 수업 방해 행위를 한 것이 아니라 이전부터 계속 다른 친구들을 괴롭히거나 수업을 방해했고, 선생님의 정당한 권위를 인정하지 않았어요. 그럼 더 이상 이 학생은 단순한 훈계나 상담으로는 가르치기 어렵다는 거죠. 학부모에게 이런 상황을 알렸을 때, 막상 학부모가 본인의 자녀를 두둔하고 나서면 교사도 어쩔 수 없이 최후의 수단으로 학생선도위원회를 열 수밖에 없어요.

게다가 수업 중에 선생님의 정당한 권위를 인정하지 않고 지시를 따르지 않는 아이들 상당수는 선생님이 자신과의 문제를 외부에 알리지 않으리라는 것을 알고 있어요. 그럼 그 학생은 선생님과의 신경전을 재미라고 여기고 문제 행동을 반복하려고 들죠. 이렇게 되면 선생님의 교권만 침해받는 것이 아니라 다른 학생들의 학습권도 침해받는 거예요. 교권과 학습권을 모두 지키기 위해서 때로는 학생선도위원회를 여는 것이 필요하다는 것을 말씀 드리고 싶어요.

체벌이 금지된 후에 많은 선생님이 학생들을 올바르게 훈육할 수 있는 방법이 없다고 말해요. 학생선도위원회라는 방법이 있는데도 말이죠. 폭력과 관련된 학교폭력대책심의위원회만 열어도 민원이 많이 들어오는데 학생선도위원회까지 열면 더 힘들어지지 않을까 하는 불안과 염려 때문이에요.

하지만 의석의 과반수가 학부모 위원인 학교폭력대책심의위원회와 달리 학생선도위원회의 구성원은 대부분 교사들이에요. 학교마다 교사 구성은 다를 수 있지만요.

물론 학부모도 처음엔 불만을 가질 수 있어요. 민원을 제기할 수도 있고요. 하지만 학교가 공정한 절차와 제도를 통해 정당한 교육적 권위를 보여 주면 학부모도 결국 수긍할 수밖에 없어요. 교육적 목적을 달성하기 위해서 충분히 시도할 수 있는 방법이라고 봐요.

학생선도위원회의 절차와 준비

양지열　그렇다고 학교에서는 무작정 학생선도위원회부터 열어서는 안 돼요.

학생이 교실 내에서 문제 행동을 했다고 가정해 볼게요. 교사는 처음에 구두 경고로 학생을 선도해요. 교과 전담이라면 담임 선생님에게 학생을 인계할 수도 있고요. 교사의 재량으로 해결하기 위해 노력하고 그것이 잘 되지 않았을 경우 상담 교사나 학교장에게 인계할 수 있어요. 개인이 아닌 학교 차원의 조치를 취하는 거죠.

이렇게 해도 문제가 해결되지 않았을 때, 교사는 학부모에게 해당 사안을 통지해요. 학부모와 협의하여 교육해 보고, 그것마저 잘 되지 않았을 경우 마지막 조치로 학생선도위원회를 여는 거죠. 선생님은 단순히 학생선도위원회를 열지 말지에 대한 결정뿐만 아니라 이 문제가 과연 어느 단계의 조치가 필요한 것인지를 먼저 생각해 봐야 해요.

학생선도위원회를 대비한 기록 남기기

학생선도위원회는 학교 안의 법정이나 마찬가지라서 각자 주장하는 사실이 다를 때가 많아요. 그럴 때 객관적인 입장에서 작성한 자료가 있다면 불필요한 갈등을 줄이는 데 도움이 많이 돼요.

예를 들어 사고가 발생했던 일시나 경과 등을 육하원칙에 따라 기록한 경위서, 조사 보고서 등을 미리 준비하는 거예요. 사고가 일어난 직후에 사고의 경위와 대응 방식에 대한 기록을 남기는 거죠. 특히 여러 번 반복해서 일어난 문제라면 더더욱 기록이 필요해요.

학생이 다쳐서 양호실에 갔다면 양호실 출입 기록을 미리 복사해 두거나 주변에 있던 학생들의 진술을 함께 정리해 두세요. 학부모를 만났을 때도 반드시 상담 일지를 작성해 두는 것이 좋고요. 이때 학부모의 서명을 받으면 더 좋아요. 나중에 그런 기록들이 사안의 심각성을 판단할 수 있는 근거가 될 수 있으니까요. 시간이 흐른 뒤에 다시 만들려고 하면 귀찮기도 하고, 기억도 잘 나지 않으니 가급적 사고 직후에 만드는 것이 좋아요.

기록을 남길 때 가장 중요한 것은 제목이나 양식이 아니라 내용이에요. 가치 판단보다는 정확한 사실 관계를 정리하는 편이 훨씬 도움이 될 거예요.

이상우 학생선도위원회를 열기 위해서는 학칙과 학생선도위원회 규정을 숙지하는 것이 가장 기본이에요. 대부분의 학교 홈페이지에 학생선도위원회 또는 학생생활교육위원회 규정이 게시되어 있어요. 만약 홈페이지에 없다면 포털 사이트에 '학생선도위원회'를 검색해서 다른 분들이 공유한 자료를 얻을 수도 있고요. 무엇보다 학생선도위원회는 학칙에 근거해서 운영되기 때문에 학칙을 읽어 두는 것이 중요해요. 시도 교육청에서 마련한 지침이나 규정도 잘 나와 있으니 참고할 만하고요.

김현희 저는 학생선도위원회에 대해 대화를 나누면서 '사회의 질'이라는 개념이 떠올랐어요. 재난 사회학을 연구하는 서울대 이재열 교수가 소개한 개념인데요. 같은 재난이 닥쳐도 사회마다 회복력이 다른 이유를 '사회의 질'이 차이 나기 때문이라고 해석하고 있어요.

요약하자면 이런 거예요. 사회의 질은 '개인'과 '제도' 이 두 차원이 서로 균형과 긴장을 얼마나 잘 유지하느냐에 달렸어요. 일단 개인들은 자유로워야 하고 동시에 집단의 문제를 해결할 수 있게 집합 행동을 해내야 하죠. 개인의 자유만 있다면 사회가 해체되고, 집단만 강조하면 전체주의예요.

둘째로 제도와 시스템은 규칙적이고 유능해야 하지만 동시에 상황에 맞게 유연하고 개방적이어야 해요. 규칙과 유능함만 강조하면 국가주의로 흐르고, 유연함과 개방성만 추구하면 무능해지죠. 이 두 축이 모두 균형을 갖춰야 사회의 질이 높아지고, 재난이 닥쳐도 빠르게 회복할 수 있어요.

저는 학교를 작은 사회라고 생각해요. 그래서 사회에 닥치는 재난처럼 학교에도 여러 가지 문제 상황이 발생할 수밖에 없어요. 중요한 건 학교의 질과 교육 시스템의 질을 높여 회복력을 구축하는 거예요. 구성원들은 자유롭되 집단에 문제가 발생하면 이를 해결하기 위해 서로 조력해야 하고, 학교의 모든 제도와 시스템은 규칙적이고 일관적이면서도 유연성을 발휘해야 하죠. 학생선도위원회도 단순히 일벌백계의 수단으로 바라볼 것이 아니라, 학교와 교육의 질을 높이기 위한 시스템의 관점으로 이해해야 해요. 교육적이고 민주적인 방식으로 운영할 수 있도록 끊임없이 고민해야 하고요.

장난과 희롱 사이

한창 수업을 하고 있는데 한 남학생이 손을 들고 뜻 모를 질문을 했어요.

"선생님, ㅅㅅ 해 보셨어요?"

"그게 무슨 뜻이야?"

"그냥 웃는 이모티콘이에요."

남학생이 어깨를 으쓱이며 대답하자 다른 학생들이 웃음을 터뜨렸어요. 저는 그 말의 뜻을 알지도 못하면서 얼굴이 화끈거리고 불쾌했어요. 수업을 마치고 남학생이 했던 말의 뜻을 찾아보니 성행위를 의미하는 표현이더군요. 저는 다음 수업에서 그 학생에게 해당 언행을 지적하고 교실 뒤로 나가 10분간 서 있으라고 했어요. 그랬더니 그 학생은 그런 의미로 한 말이 아닌데 왜 벌을 서야 하냐며 화를 냈죠. 긴 실랑이 끝에 벌을 세웠는데 다음 날 학부모에게서 저를 아동 학대로 신고하겠다는 연락이 왔어요.

성희롱을 당한 건 전데 아동 학대라니요. 정말 제가 잘못한 걸까요? 억울하고 답답해서 잠도 오지 않아요.

학생의 저속한 언동, 어떻게 대처해야 할까

이상우　요즘 학생들은 인터넷에서 사용하는 줄임말이나 초성을 일 상생활에서도 아무렇지 않게 사용해요. 'ㅅㅅ'이라는 초성도 그런 종류 의 단어예요. 보통은 성관계를 의미하는 말로 사용되기 때문에 이 말 을 직접 듣는 선생님 입장에서는 굉장히 불쾌할 수 있죠. 게다가 남자 선생님들에게는 쓰지 않으면서 여자 선생님들에게만 사용하는 경우가 많으니까요. 그렇지만 이런 말을 했다고 잘못이라며 지적하기는 쉽지 않아요. 초성으로만 이루어진 표현을 해석하려면 어쩔 수 없이 주관이 들어갈 수밖에 없으니까요.

김택수　내포하고 있는 뜻이 분명하지 않은 단어를 자의적으로 해석 하다 보면 '나를 어떻게 보고 이런 말을 했지?' 생각하게 돼요. 그러다 가 불쾌감을 느낀 선생님은 학생에게 10분 동안 교실 뒤에 가서 서 있 으라고 했던 거고요.

양지열　자의적인 해석이라는 표현이 나왔어요. 만약 이 사연을 법원 에 가져가면 판사는 어떻게 판단할까요? 이 경우는 선생님이 그 단어 의 의미를 잘 몰랐을 뿐 아니라 학생이 그 말을 어떤 의도로 썼는지 명 확하게 드러나지 않은 상황에서 벌을 서게 한 거잖아요. 첫 번째 단추 를 잘못 괜 것 같아요.

　일반적으로 법은 그 말이 어떤 의미로 쓰였는지 명확한 상황에서 옳고 그름에 대한 판단을 내릴 수 있어요. 학생의 말을 듣고 불쾌한 느낌이 들었다면 즉시 당사자나 주변 학생들에게 무슨 뜻인지 정확하게 확인한 다음, 그 말을 한 의도를 확신할 수 있는 상태에서 벌을 줬어야 해요. 그래야 차후에 문제가 커져서 법원에 가더라도 판사가 당시 학생의 언행에 불순한 의도가 있었는지 판단할 수 있고, 불순한 의도가 있었다면 교사의 대응은 적절했는지에 대한 객관적인 판단이 가능해요. 그런데 뒤늦게 의미를 찾아보고 학생에게 "너 저번에 그런 의미로 말한 거지?"라고 지적하면 이 학생 입장에서는 할 말이 생기죠. "저는 그런 뜻으로 말하지 않았어요." 하고요. 그러면 일이 커져서 위원회나 재판까지 가더라도 선생님이 유리한 입장이 되기는 어려워요.

김현희 저도 몇 년 전 영어 시간에 비슷한 경험을 한 적이 있어요. 비교급 표현에 대해 가르치면서 'Mine is bigger than yours.'를 예문으로 들었어요. 그런데 갑자기 남학생 몇 명이 서로 눈을 마주치면서 "내 것이 네 것보다 크다." 하면서 크게 웃는 거예요. 그 대화를 듣고 저뿐만 아니라 함께 있던 여학생들도 불쾌한 표정을 지었어요. 그래서 바로 그 남학생들에게 방금 한 말이 무슨 뜻이냐고 물어봤어요. 그랬더니 우물쭈물하더라고요. 제가 유추한 의미가 맞냐고 물어보니까 더 당황했고요. 그때 저는 "너희의 의도와 상관없이 듣는 사람이 불쾌감을 느끼면 성희롱이 될 수 있어. 너희들끼리만 있는 사적인 장소에서의 대화라면 선생님이 참견할 수 없는 문제지만 공적인 장소에서는 그런 말을 하지 않았으면 좋겠다. 반 친구들에게 사과하자." 하고 끝냈거든요.

양지열 학생들에게 즉각적으로 대응한 것은 잘하셨는데, 한 가지는 선생님도 혼동하는 것이 있어요. 학생들의 그런 행동을 교사에 대한 성희롱으로 규정하기 모호하다는 거예요.

교권 침해뿐만 아니라 내가 당한 피해 사실에 대해 문제를 제기할 때는 어떤 형태의 침해를 당한 것인지 분류하는 것부터 시작해야 해요. 「국가인권위원회법」이나 「남녀고용평등법」에서는 성희롱을 '성적 언동으로 성적 굴욕감 또는 혐오감을 느끼게 하고, 직위를 이용해서 고용상 불이익을 주는 것'으로 정의하고 있어요.

그런데 이 경우는 학생이 한 말이잖아요. '학생의 언동이 교사에 대한 성희롱으로 성립될 수 있는가?' 하는 질문이 돌아올 수 있겠죠. 저속한 언어로 수업을 방해했다는 사실은 명백하지만 그로 인해 교사가 고용상 불이익을 당하는 것은 아니니까요.

만일 법적 분쟁까지 이어진다면 선생님이 성희롱 피해자라는 주장은 보호받기 어려울 수도 있어요. 이럴 때는 명확한 사실인 수업 방해 쪽으로 문제를 제기하는 것이 선생님 입장에서는 구제받기 더 쉬울 수 있어요.

김현희 제가 그 학생의 말을 듣고 견딜 수 없는 모멸감을 느낀 건 아니에요. 하지만 주변에 있던 여학생들이 굉장히 불쾌한 표정을 짓고 있었거든요. 그 후 여학생들에게 물어보고 평소 이런 일이 한두 번 있던 것이 아니라는 사실도 알게 되었고요. 그래서 남학생들이 문제의식을 갖도록 즉시 주의를 준 것이었어요.

이때 여학생들 혹은 그 대화에 참여하지 않은 다른 남학생들이 느낀 수치심이나 불쾌감은 어떻게 봐야 하는 건가요?

양지열   교사와 학생의 관계와 달리 남학생들과 다른 학생들의 관계는 수평적인 관계잖아요. 그런 상황에서 다른 학생들은 불쾌하다는 이유만으로 그 자리를 피하기 어려울 수 있어요. 같은 공간에서 지속적으로 벌어지는 일이라면 학교에 등교하는 것조차 싫을 수도 있고요. 이런 관계에서는 성희롱이라고 볼 수 있죠. 해당 남학생들에게는 사회에 나가면 틀림없이 문제가 될 수 있는 행동이고, 교실에서도 절대 해

학생과의 말싸움은 금물

학생이 저속한 언동을 하거나 욕설을 할 때 선생님도 당황하고 화가 납니다. 이 학생이 잘못한 것을 바로잡아야겠고, 다른 학생들도 보고 있으니 그냥 넘어갈 수는 없겠죠.

그럴 때는 무엇보다 학생과 말싸움에 휘말리지 않는 것이 중요해요. 공간을 달리하거나 시간 차를 이용해서 교육해 보세요. 학생을 복도로 데리고 나와서 차분하게 대화를 나누거나, 쉬는 시간에 교무실이나 학년연구실로 데리고 가서 일대일로 교육하는 거죠. 학생도 체면이 있기 때문에 공개된 장소에서는 말을 잘 듣지 않아요. 하지만 시간이 지나고 선생님과 둘이 있을 땐 보통 선생님의 말에 따르죠. 그래도 말을 듣지 않으면 학생선도위원회나 교권보호위원회를 통해 문제를 해결해야겠지만 대화로 갈등 없이 해결하는 것이 가장 좋은 방법이니까요.

서는 안 될 행동이라고 분명하게 알려 줘야 해요.

대신 선생님과 학생의 관계에서는 아까 말씀드렸던 것처럼 성희롱보다 저속한 언동으로 수업 진행과 정당한 교육 활동을 방해한다는 쪽으로 접근하는 것이 더 좋을 수도 있다는 거예요.

학생을 '치기'라는 틀에 가두지 말자

김택수　단순히 저속한 농담을 하는 것 외에 뉴스에 나올 정도로 심각한 행위를 할 때도 있잖아요. 예를 들어 수업 시간에 자위를 하는 것처럼 학생이 상대에게 모멸감을 줄 수 있는 행위를 했을 때도 그런 식으로 접근해야 할까요?

양지열　제가 조금 전에 학생과 선생님의 관계에서는 선생님이 성희롱 피해자로서 피해를 입증받기 어려울 수 있으니 저속한 언동을 통한 수업 방해 행위라는 관점에서 접근하는 편이 낫다고 말씀드렸는데요. 당연히 그 정도의 수준을 넘어선 사안일 때는 그렇게 하면 안 되죠.

예를 들어 선생님의 신체를 스마트폰으로 몰래 찍는 건 명백한 불법이에요. 그럴 땐 정확하게 그 행위가 얼마나 심각한 범죄인지 알려 줘야 해요. 이미 대부분의 학생들이 잘 알고 있는 내용이지만 몇 번씩 강조해서 알려 줘도 괜찮아요. 예전에 한 고등학생이 선생님의 다리를 스마트폰 카메라로 촬영했다가 퇴학당한 일도 있었죠. 결코 장난으로 끝날 수 없는 행위라는 것을 가르쳐 주세요.

이상우 만약 선생님이 학생에게 그런 일을 당한 경우에는 지도도 중요하지만 교사에 대한 보호가 먼저예요. 우선은 캡처를 하고, 증거를 확보해야겠죠. 학생이 사진을 SNS에 올렸다면 더 큰 피해를 막기 위해서 얼른 내리라고 말해야 하고요. 그다음에는 학생선도위원회를 통해 적절한 징계 처리를 해야 해요. 사안이 심각하다면 경찰서에 신고할 수도 있고요. 저는 선생님이라도 참는 것만이 능사가 아니라고 생각해요.

김현희 사회 전반의 인식도 많이 변해야 해요. 몇 년 전에 모 지역에서 중학교에 다니는 남학생들이 여자 선생님이 있는 교실에서 자신의 성기 길이를 쟀다는 기사가 나왔어요. 그 후 여러 언론에서 다루면서 굉장히 이슈가 됐고, 학생들에게는 징계가 내려졌는데 사람들의 예상보다 낮은 수준이었어요. 저는 사건의 정황을 정확하게 아는 입장이 아니니 징계의 경중에 대해서는 판단하고 싶지 않아요. 하지만 해당 교육청이 작성한 사건 관련 문서에서 '어린 학생들의 치기 어린 행동'이라는 표현을 보고는 솔직히 충격을 받았어요. 겉으로 보면 교육 당국이 그 학생들을 보호하는 것처럼 보이지만 사실은 아니거든요. 오히려 학생들을 '치기'라는 틀에 가두고, 책임과 권리를 주지 않으면서 성장 가능성을 막는 거란 말이죠.

학생들에게 성인과 동일한 수준의 처벌을 해야 한다는 말이 아니에요. 하지만 학교가 민주 시민 양성 기관으로서 제대로 기능하려면 학생들이 그에 맞는 권리와 책임 의식도 함께 갖도록 해야 하고 이를 위해서는 제도와 문화의 수준도 변해야 해요.

양지열   법적으로 '죄를 지은 사실은 명백하지만 이번에 책임을 묻지 않겠다.' 하는 말은 죄는 인정하되 아이들을 용서해 주겠다는 의미인데, 단순히 치기 어린 행동이라고 치부하면 아예 죄가 아닌 것이 되거든요. 그럴 순 없는 거예요. 책임을 당장 묻지 않는 것과 책임이 없다는 건 엄연히 다르니까요.

세상에 맞을 짓은 없다

교사가 된 후 늘어난 건 인내심뿐인 것 같아요. 오늘도 수업 시간에 지나친 장난으로 다른 학생들의 수업까지 방해하는 학생의 태도에 참을 인 자를 그리며 가까스로 수업을 마쳤어요.

몇 년 전 이 학교에 계시던 선생님이 학생의 불량한 수업 태도를 참지 못하고 회초리로 엉덩이 두 대를 때렸다가 학교가 발칵 뒤집힌 적이 있다고 들었는데, 이러다가는 저도 곧 그분처럼 회초리를 들게 되는 것은 아닌지 걱정이 돼요.

체벌을 하지 않고, 문제 행동을 하는 학생을 잘 교육할 수 있는 방법이 있긴 할까요? 체벌은 교육적 효과가 없다는 것을 알고 있는데도 자꾸만 마음이 약해지네요.

체벌은 교육적 효과가 있을까?

김택수　옛날에 서당에서는 훈장님들이 초달(楚撻)이라는 것을 하셨어요. 전날 배웠던 내용을 정확하게 말하지 못하거나 수업에 열심히 참여하지 않은 학생을 목침 위에 세워 놓고 회초리로 볼기나 종아리를 때리는 거예요. 다들 학교 다닐 때 체벌을 당해 본 경험이 있으신가요?

양지열　당연하죠. 제가 고등학교에 다닐 때도 체벌이 있었어요. 성적이 떨어졌다고 때리기도 하고, 별다른 이유 없이 열심히 공부하라고 때리기도 했어요. 도구도 굉장히 다양했던 것 같아요. 선생님들마다 선호하는 도구들이 달랐는데, 제가 경험했던 선생님들 중에는 필드하키 채로 때리는 분도 있었어요.

　제가 도구라는 표현을 사용한 이유는 체벌의 법적 정의와 관련이 있어요. 법에서는 체벌을 '도구나 신체를 이용하여 학생의 신체에 고통을 가하는 방법'이라고 명시하고 있거든요. 아마 이 정의를 보면 다들 체벌은 절대 하지 말아야겠다는 생각이 들 거예요.

　「초·중등교육법」에서는 학생에 대한 징계를 규정하면서도 예외적으로 체벌은 금지하고 있어요. 예전에 교육청마다 만들었던 일종의 체벌 가이드라인이 논란이 된 적도 있잖아요. 두께나 길이 등 체벌 도구의 규격을 임의로 규정하고 교사의 감정적인 대응을 금지하는 등 체벌을 인정하되, 방식이나 정도는 가급적 제한하는 취지였는데 이제는 그것마저도 법으로 금지된 거예요.

현장에 계신 선생님들 중 일부는 체벌을 당연시하며 자랐을 텐데, 막상 교직에 선 후에는 체벌이 금지됐잖아요. 그러니까 체벌 외에 학생들을 통제할 수 있는 수단이 무엇인지 고민할 수밖에 없겠다는 생각도 들어요.

⚖️ **초·중등교육법 시행령 제31조**(학생의 징계 등)

⑧ 학교의 장은 법 제18조 제1항 본문에 따라 지도를 할 때에는 학칙으로 정하는 바에 따라 훈육·훈계 등의 방법으로 하되, 도구, 신체 등을 이용하여 학생의 신체에 고통을 가하는 방법을 사용해서는 아니 된다.

김현희 저는 특히 중학교에 다닐 때 체벌을 많이 당했어요. 제가 다녔던 학교가 유난히 규칙이 엄했거든요. 예를 들면 검은색 스타킹을 신어야 하는 시기에 하얀색 스타킹을 신고 온다거나, 무채색 운동화를 신지 않았다거나, 넥타이를 잘못 맸다는 이유만으로 체벌을 당했어요. 별것 아닌 이유로 선생님에게 맞아야 하는 상황에 화도 나고 억울했죠. 지금도 그때를 생각하면 너무 분해요.

체벌은 교육적 효과가 있다는 미명 아래 행해지는 폭력일 뿐이에요. 과거 교사들은 체벌을 해야 학생들이 말을 듣고, 학교 분위기가 좋아진다는 말을 많이 했는데 솔직히 그냥 억압과 통제의 수단이었다고 생각해요. 실제로 체벌이 교육적 효과가 있다는 과학적 근거는 전혀 없거든요. 학생들의 지능 발달에도 악영향을 끼친다는 것이 학계의 정설이고, 자존감 발달에도 좋지 않아요.

이상우   선생님들도 처음부터 체벌을 하진 않아요. 보통은 대화나 상담 등의 방법으로 학생들을 교육하는데 이것만으로 교육이 되지 않을 때 체벌을 하는 경우가 많죠. 하지만 체벌을 한다고 해도 학생의 문제 행동이 곧바로 개선되지 않아요. 단지 그 순간만 모면하려고 하죠. 단기간의 효과는 있을지 모르겠지만 오히려 학생이 체벌에 길들여지게 되고, 선생님과 학생의 관계는 자연스럽게 악화될 뿐이에요.

타임아웃도 체벌일까?

김택수   직접적으로 때리는 것이 체벌이라는 점에는 모두 합의가 된 것 같아요. 그런데 꼭 때리는 것만이 체벌일까요? 수업 시간에 말썽을 부리는 학생을 교실 뒤에 세워 두거나 '생각 의자'에 앉혀 두는 것도 체벌이라고 볼 수 있을지 궁금해요.

이상우   교권 상담을 할 때 많은 분들이 문의하는 것 중 하나가 소위 '타임아웃(time-out)'이라고 하는 벌이에요. 학생을 정해진 시간 동안 교실 뒤나 독립된 공간에 서 있게 하는 거죠.
　교실 뒤에 나가서 서 있게 한다고 무조건 체벌이라고 할 수는 없어요. 오랜 시간 교실이 아닌 복도나 바깥으로 보내는 경우, 혹은 폭언을 하거나 강압적으로 벌을 주는 경우는 교육적 목적을 벗어나는 것으로 보고 책임을 져야 할 수는 있지만요.

양지열 「아동복지법」에서는 아동 학대를 '보호자를 포함한 성인이 아동의 건강 또는 복지를 해치거나 정상적 발달을 저해할 수 있는 신체적·정신적·성적 폭력이나 가혹 행위를 하는 것과 아동의 보호자가 아동을 유기하거나 방임하는 것'이라고 명시하고 있어요. 여기서 살펴볼 것은 '타임아웃을 유기라고 볼 수 있을까?' 하는 문제예요.

유기는 말 그대로 버려둔다는 의미예요. 보호자가 피보호자를 돌봐야 할 의무를 저버리고 방임하거나 혼자 내버려 두는 것을 말해요. 누가 봐도 버렸다고 볼 수 있는 상당한 시간 동안 혼자 내버려 두거나 아이가 보호받지 못하고 있다고 느낄 정도의 상황이어야 유기라고 할 수 있는데, 교실 뒤에 몇 분 서 있게 하는 정도로 학생이 버려졌다고 느끼지는 않을 것 같아요.

대신 체벌을 대체해서 타임아웃 등의 수단으로 학급을 운영하려면 평소에 학생들과 유대감을 잘 쌓고, 규칙의 필요성과 방식에 대한 공감대를 형성해 두는 편이 좋겠네요.

김현희 맞아요. 저도 수업 시간에 타임아웃 제도를 잘 활용하는 편이에요. 대신 타임아웃에 대해서 학생들과 미리 규칙을 정해 둬요. 어떤 경우에 타임아웃을 주는지, 얼마나 서 있게 되는지, 왜 이 규칙이 우리 반에 필요한지 학생들과 합의를 하는 거죠.

제가 어떤 학생에게 타임아웃을 지시할 때 주변의 학생들도 제 결정에 동의하는 분위기라면 괜찮지만 학생들이 봤을 때도 납득하지 못할 때는 문제가 생기기 쉬워요. 학급 내 규칙이 어떤 과정을 거쳐 얼마나 분명하게 정립되어 있는지에 따라 상황이 다르게 받아들여질 수 있어요. 앞서 말씀하신 것처럼 규칙의 필요성과 방식에 대해 학생들과 공감대를 형성하는 것이 가장 중요해요.

체벌 금지 이전과 이후

이상우 체벌이 허용될 때는 잘못하면 맞는 것을 당연시했어요. 교사는 체벌을 정당한 교육 방법 중 하나로 여겼고, 학생들도 불만은 있으나 잘못하면 맞아야 한다는 순응적인 태도가 일반적이었죠. 2010년 소위 '오장풍 교사 체벌 동영상' 논란 이후, 이듬해 3월 체벌이 전면 금지되기 전까지 학교 현장에서는 교육이라는 명목으로 자의적인 체벌이 행해졌어요. 학부모 민원도 대부분 구두 항의에 그치거나 그냥 넘어가는 경우가 많았고요.

그런데 체벌이 전면적으로 금지되면서 수업과 생활 지도에 어려움을 토로하는 교사들이 생겨났어요. 수업에 성실히 참여하지 않거나 교칙을 자주 어기는 학생에 대한 적절한 지도 수단이 없으니 체벌을 다시 허용해야 한다는 주장들이 일부 교원 단체를 통해 나오기도 했죠. 반대로 학생들은 체벌 금지를 환영했고요.

체벌을 법적으로 금지하기 전보다 선생님들이 힘들어진 부분은 분명히 있어요. 아무래도 강압적인 체벌이 사라지니 겉으로 보이는 문제 행동이 고쳐지지 않는 경우가 있죠.

하지만 나름대로 보완할 방안들이 마련됐어요. 예를 들면 '학생생활 인권 규정'이나 '학생선도위원회 규정' 같은 공식적인 학생 선도 규정이 만들어진 거죠. 선생님들이 받아야 하는 교육도 강화되었고요.

체벌을 한다고 해서 제대로 된 교육이 이루어지지는 않아요. 오히려 민원으로 인해 선생님이 수업에서 배제될 수도 있어요. 학생이 문제를 일으켰을 때 체벌 없이 교육하는 법을 평소에 고민할 필요가 있어요. 정말 어려운 문제거든요.

김현희　제가 초임 교사였던 시절에 학교로 공문이 왔어요. 당시 교감 선생님이 교무 회의 시간에 "선생님들, 이제부터 체벌하시면 안 됩니다. 법적으로 체벌이 금지됐으니 이제 선생님들이 체벌하면 아무도 보호해 줄 수 없어요."라고 말하니까 교무실 전체가 술렁였던 기억이 나요. "이제 어떻게 가르치라는 거야?" 하는 볼멘소리도 있었고, "이제 아이들 가르치려면 힘들겠어. 그만둬야지." 하는 자조적인 반응도 있었어요. 그때 저는 속으로 한동안 저러다가 말 거라고 생각했어요. 그런데 벌써 10년 넘는 시간이 훌쩍 지났잖아요. 아직도 주변을 보면 그렇게 말하는 분들이 간혹 있어요. "체벌하지 말라는 건 그만 가르치라는 소리다." 혹은 "이제 교사가 학생들을 통제할 수 있는 수단이 없다." 하는 말을요. 체벌 금지에 관한 인식은 법 제정에 비해 늦게 정착된 기분이 들지만, 체벌에 관한 부분은 더 이상 논란의 여지가 없는 문제라고 생각해요. 어렵게 여기까지 왔는데 다시 야만과 폭력의 시대로 돌아갈 수는 없잖아요. 체벌 금지 법안을 만들 때 교사들도 더 주도적으로 나

섰으면 어땠을까 하는 아쉬움은 있지만요.

학생 인권과 교권은 시소게임이 아니다

이상우　예전에도 폭행죄는 있었지만 교사들의 체벌은 관습적으로 허용되는 분위기가 있었어요. 그렇지만 이제는 시대가 변했고, 학생 인권과 교사 인권이 함께 보장되고 있어요. 「학생인권조례」가 제정되었고 「교원지위법」에는 교권을 침해하는 학생들을 징계로 처벌할 수 있는 기준이 생겼어요. 이제는 학생 인권과 교권이 함께 가는 시대가 된 거예요. 그런 변화에 맞춰서 선생님들의 생각도 조금씩 바뀌어야 해요.

　저는 세상에 맞을 짓은 없다고 생각하거든요. 그 순간에는 학생이 맞을 짓을 했다고 생각하거나 체벌을 해서라도 학생을 바로잡아야겠다는 생각을 할 수 있어요. 선생님이 그런 시절을 경험했기 때문일 수도 있고, 현재 자신의 교권이 존중받고 있지 못하다고 느껴서일 수도 있죠. 체벌이 금지된 것을 알고, 이를 이용해서 문제를 일으키는 학생이 있을 수도 있어요. 하지만 이런 상황일수록 체벌보다 합리적인 방법으로 교육하고, 그래도 교육이 되지 않으면 학생생활인권이나 학생선도위원회 규정에 따라 처리하는 것이 좋다고 봐요.

김현희　학생 인권이 신장되면서 교권이 추락했다는 인식은 너무 고루하고 답답한 관점이라고 생각해요. 그런 프레임 때문에 교권이란 말

자체를 사용하는 것도 어려워졌고요. 그래서 저는 '교육권'이란 표현을 훨씬 선호하기도 해요.

학교는 교사, 학생, 학부모가 공동의 목표를 위해 만든 공동체예요. 우리나라의 교육 이념과 목표 자체가 전인적 발달과 민주 시민 양성이잖아요. 교사가 수행해야 하는 가장 중요한 교육 활동 역시 시민 교육인데, 시민을 기르는 교육 현장에서 폭력은 용납될 수 없어요. 학생과 교사, 학부모 모두 마찬가지예요.

지금도 간혹 어떤 학부모들은 "아이를 때려서라도 사람 만들어 주세요."라고 하는데 악의가 없다는 건 알지만 혼란스럽긴 해요. 저는 제가 그런 역할을 하는 사람이 아니라고 생각하거든요. 학교가 단지 학생들을 맡아 주는 곳이나 개인의 욕망을 추구하는 곳이 아니라 공적 기능을 수행하는 장소라는 인식이 강화되어야 해요.

양지열 예전에는 교사와 학생 사이가 공적인 관계보다는 사적인 관계에 가까웠어요. 친밀감이 있기 때문에 '아이들'이라는 표현을 쓰시잖아요. 굉장히 듣기 좋거든요. 그렇지만 아이들과의 관계에는 친밀하고 사적인 관계뿐만 아니라 교사와 학생이라는 공적인 관계도 있다는 것을 알아야 해요. 공적으로 엄격해야 할 부분은 단호하게 지킬 필요가 있어요. 지금까지 이야기했던 체벌 금지도 그런 사례가 될 수 있겠죠. 아무래도 교사와 학생 사이에 친밀감과 유대감을 중시하던 시대 관념이 남아 있다 보니 학생을 대하는 데 어려움을 느끼는 것 같아요. 체벌을 대신할 수 있는 제도들이 충분히 생겼다는 것도 잘 알아 두면 좋겠어요.

이상우　교육은 분명 공적인 영역이지만 사적인 부분도 존재하기 때문에 어떨 때는 제3의 영역으로 느껴지기도 해요. 교육의 어떤 면을 부각하든 적어도 교사는 학생들을 지나치게 사적으로 대하면 안 돼요. 학부모나 동료 교사처럼 동등한 어른에게는 그렇게 못하면서 학생에게는 할 수 있다는 생각은 분명 잘못된 것이죠.

　요즘에는 의사소통 기술이나 학생 상담에 관한 자료가 많이 나와 있어요. 다른 동료 교사들은 어떻게 하고 있는지 참고하면서, 혼자 끌어안기보다는 주변의 도움을 받으면 좋겠어요. 학부모도 좋고, 관리자나 베테랑 교사들과 이야기하는 것도 좋아요. 결국은 함께 풀어 나갈 수 있는 문제라고 생각해요.

모니터 너머의 악동들

○○고 과학쌤 미모.jpg

ㄴ너희 학교 쌤? 예쁘다!

ㄴ실물은 별로일 듯.

온라인 개학으로 원격 수업을 진행하고 있는 요즘, 학생들의 도가 지나친 행동 때문에 머리가 지끈거립니다. 지난번에는 자료실에 과제 대신 음란물을 탑재하더니, 이번엔 실시간 강의 장면을 캡처해서 당사자인 저의 허락도 없이 개인 SNS에 올렸네요.

안 보면 덜 힘들 줄 알았는데 이런 문제가 생길 줄은 정말 몰랐어요. 원격 수업을 할 때마다 가면이라도 써야 하나 고민이에요.

내 생애 첫 원격 수업

김택수　코로나19 이후 학교 현장에서 가장 뜨거운 이슈 중 하나는 원격 수업이죠. 교육부에서 원격 수업에 대한 공문이 처음 내려왔을 때 많이 당황했어요. 혹시나 학생들이 갑작스러운 변화를 낯설어하지 않을까 우려했는데 오히려 학생들은 생각보다 금방 적응하더라고요.

　문제는 저였죠. 지금이야 거의 전문가가 됐지만 처음에는 도무지 쉬운 게 없더라고요. 원격 수업을 하려면 어떤 프로그램을 사용해야 하는지, 기기는 어떤 것들이 필요한지, 학습 콘텐츠는 어떻게 만들어야 하는지 등등. 온통 모르는 것투성이었죠.

　그렇게 준비를 마치고, 첫 원격 수업을 시작했을 때는 긴장을 많이 했어요. '학생들이 잘 접속해서 들어올 수 있을까?' '중간에 인터넷 연결이 끊어지지는 않을까?' '준비한 수업을 하나라도 제대로 할 수 있을까?' 하는 걱정이 많았죠. 아마 학교 현장에 계신 선생님이라면 한 번쯤 이런 고민을 해 보지 않았을까요?

이상우　이건 제 이야기이기도 한데요. 아무리 배워도 동영상 편집 같은 기술은 따라 하기 어렵더라고요. 젊은 선생님들은 비교적 새로운 기기나 프로그램을 잘 다루잖아요. 제가 처음 발령받을 때만 해도 나이스(교육행정정보시스템)를 사용하기 어려워하는 분들이 많았어요. 컴퓨터로 문서 작성하는 것을 도와 달라는 분도 있었고요. 그때야 저도 젊었으니까 그분들을 도와드리는 입장이었는데 십여 년이 지나고 보니 제가 어느새 그분들과 비슷한 입장이 되어 있는 거예요. 아무래도 나이가 든 이후에는 새로운 것을 배우기가 쉽지 않더라고요.

김현희　처음에는 다들 우왕좌왕했던 거 같아요. 코로나19 사태가 얼마나 지속될지 모르니 처음 한두 주 정도는 교육청에서 제공하는 영상을 탑재했는데 어느 시점이 되니까 이러다가 학생들과 교육적으로 완전히 분리될 수도 있겠다는 위기감이 생기더라고요. 그래서 자체적으로 수업 영상을 만들기 시작했어요.

처음에는 기기 사용이나 영상 편집이 익숙하지 않아서 시간도 많이 걸리고 힘들었는데 계속하다 보니 지금은 많이 수월해졌고, 수업을 설계할 때 온라인과 오프라인을 연결 짓는 것이 몸에 밴 것 같아요. 하지만 제가 익숙해진 것과는 별개로 학생들, 특히 초등학생들에게는 대면 수업이 분명 필요하다고 생각해요.

비대면이 불러온 후폭풍

김택수　원격 수업은 얼굴을 보고 직접적인 반응을 확인할 수 없기 때문에 여러 가지 고충이 있죠.

예를 들면 실시간 쌍방향 수업을 하고 있는데 학생이 갑자기 아무 말도 없이 접속을 끊어 버려요. 수업 중에 갑자기 교실을 나가 버리는 것과 유사한 상황이에요. 그뿐만 아니라 교사의 질문을 일방적으로 무시하고 대답하지 않는 일도 자주 있어요. 온라인 과제를 수행할 때 주제에 벗어나거나 지나치게 장난스러운 답글을 달고, 다른 친구의 의견에 핀잔을 주는 경우도 있고요.

이상우 원격 수업으로 선생님들이 직면하게 된 새로운 유형의 교권 침해 사례가 많아요. 구글 설문으로 과제를 제출하라고 했더니 선생님을 비난하는 글이나 욕설을 쓴 경우도 있었고, 원격 수업 중에 선생님이 하지도 않은 말을 했다고 학부모에게 일러서 아동 학대로 고소당한 경우도 있었죠. 어쩌면 대면 수업에서 있었던 일들이 원격 수업에도 그대로 이어진 것처럼 보여요.

김현희 저는 고등학생이 수업 중인 선생님의 모습을 캡처해서 개인 SNS에 올렸다는 글을 봤어요. 학교에서 사전 교육을 했는데도 학생과 학부모는 이게 왜 문제가 되냐고 적반하장으로 나오는 바람에 교사가 더 크게 충격을 받았다는 소식도 들었고요. 솔직히 말하면 이런 문제는 교권의 개념으로 풀기보다 바로 형법으로 처리해도 되는 문제라고 봐요.

예전에 수년 전에 가르쳤던 학생들을 옷가게에서 우연히 만난 적이 있어요. 그때 한 학생이 "와, 연예인 만난 것 같아!"라고 하더라고요. 어떤 학생들에게는 교사가 공인처럼 느껴지기도 하나 봐요. 그래서 연예인 사진을 대수롭지 않게 공유하는 것처럼 교사의 사진도 공유하는 것은 아닐까 생각해 봤어요. 그 학생이 잘했다는 것이 아니라 굳이 잘

못의 원인을 찾자면 그렇다는 거죠. 더 철저한 교육이 필요해요.

김택수 만약 등교 수업 중에 일어난 일이었다면 교사가 문제 상황을 발견했을 때 즉각적으로 대처하고 방법을 모색하기가 그나마 용이했을 거예요. 하지만 비대면 상황에서 벌어진 일들은 이미 시간이 지났거나 그 상황에 대해 정확하게 조사하기 쉽지 않아서 더 어려움을 겪고 있는 것 같아요.

양지열 사람이 의사소통을 하는 데 가장 중요한 수단은 언어죠. 하지만 언어만으로는 부족해요. 표정이나 몸짓처럼 비언어적 수단들이 때로는 더 중요한 의미를 가지기도 하니까요. 만약 교실이었다면 선생님은 한눈에 훑어보기만 해도 학생들이 어떤 상태인지 금방 파악할 거예요. 학생들 역시 선생님의 마음을 금방 눈치채고 따를 수 있고요.

　아무래도 모니터를 통한 수업은 그런 부분들이 부족하죠. 그러니 자연스럽게 딴짓을 하는 학생들이 늘어날 수밖에요. 가뜩이나 초등학생들은 장시간 어떤 일에 집중하기 어려우니 더욱 그럴 거고요. 카메라를 보고 수업을 하는 것이 선생님들에게는 참 어려운 일이에요.

김현희 학생들의 이야기를 들어 보면 목소리든 얼굴이든 선생님이 직접 등장해야 훨씬 더 수업에 집중이 잘 되고, 흥미도 높아진다고 하더라고요. 교사도 원격 수업과 대면 수업을 별개로 구분하는 것이 아니라 유기적으로 연결해서 수업을 진행할 수 있고요.

하지만 저는 수업 영상을 만들 때 목소리는 나오되, 얼굴이 나오지 않게 하거나 선글라스를 쓰고 찍은 사진만 넣을 때가 많아요. 제가 가르치는 학생들은 초등학생이고 초상권에 대한 이해도 높은 편이지만, 그래도 왠지 불안한 건 사실이거든요.

모두가 행복한 원격 수업이 되려면

김택수 원격 수업도 대면 수업과 마찬가지로 학생들에게 올바른 학습 태도와 관련한 내용을 가르쳐 주는 것이 중요할 것 같아요. 교사와 학생 모두가 즐겁고 의미 있게 원격 수업을 하려면 어떤 것을 우선적으로 가르쳐야 할까요?

이상우 학생들도 자기 사진을 누군가 캡처하거나 외모를 평가하면 매우 불쾌해하고 당장이라도 학교 폭력으로 신고하려고 해요. 마찬가지로 교사에게 이런 행동을하면 교권을 침해하는 일이고, 법에도 위반된다는 사실을 알려 줘야 해요.

저도 학생일 때 철없이 선생님을 흉보곤 했지만, 적어도 그런 말들이 선생님 귀에 들어가는 일은 없었거든요. 그런데 요즘 학생들은 무한 복제가 가능한 저장 매체와 SNS라는 초연결 소통 도구를 사용하고 있기 때문에 교사를 향한 욕설이나 잘못된 행동을 했을 때 당사자는 물론 다른 사람들에게까지 알려질 수 있어요. 적어도 자신들의 행위가 왜 잘못된 것이고, 그런 일을 하면 어떤 책임을 지게 되는지 명확히 알려 줘야 해요. 피해자가 느낄 고통에 대한 공감도 필요하고요.

김현희   사실 저작권과 초상권에 대해서는 학생들이 이미 잘 알고, 예민하게 느끼는 경우도 많다는 생각이 들어요. 물론 이에 대한 교육은 앞으로도 꾸준히 이루어져야 하지만요.

오히려 초등 교사의 입장에서 원격 수업이 우려스러운 건 학생들이

원격 수업을 위한 저작권 상식!

• 「저작권법」 제25조 제3항 "학교 또는 교육 기관이 수업 목적으로 이용하는 경우에는 공표된 저작물의 일부분을 복제·배포·공연·전시 또는 공중 송신할 수 있다."에 근거하여 수업 목적으로 사용하는 저작물은 상대적으로 완화된 기준을 적용받아요.

• 원격 수업을 진행할 때,「저작권법 시행령」제9조에 따라 다음 3가지만 기억하세요.
첫째, 접근 제한 조치. 정해진 학생들이 로그인을 통해 수업을 볼 수 있게 해야 해요.
둘째, 복제 방지. 마우스 우클릭을 금지하고 무분별한 복제와 붙여 넣기 등을 막아야 해요.
셋째, 저작권 보호 관련 경고 문구 사용. 즉, 학생들이 수업 영상을 캡처해서 배포·전송하는 행위가 저작권과 초상권 침해라는 사실을 알려 주세요.

다른 사람과의 상호 작용을 통해 배우는 경험의 양과 질이 현저히 낮아졌다는 것, 그리고 부모가 자녀에게 신경을 많이 쓰지 못하는 가정의 경우 학생들이 거의 방치되다시피 하면서 발달 지체 현상이 생겨나는 것이에요. 원격 수업으로 발생하는 학습 결손, 학력 격차 등의 문제를 해결하기 위한 대책들도 하루빨리 마련됐으면 하는 바람이에요.

김택수 코로나19 사태로 학교 현장의 많은 것들이 바뀌었잖아요. 앞으로 원격 수업에 관한 이슈도 더 쟁점화되고, 점점 우리 생활 속에 자리하게 될 텐데 마냥 낯설고 어렵게 느낄 수만은 없을 것 같아요. 학생들도 많이 배워야겠지만 저희 역시도 이 새로운 교육 현장에 적응하는 것이 필요해요.

양지열 원격 수업이라는 낯선 환경에서 선생님들은 어려움과 고민이 참 많을 텐데요. 오히려 선생님에게 새로운 도전일 수 있어요. 변화하는 시대에 맞춰 갈 수 있는 기회로 삼는 거죠.

어쩌다 보니 저도 방송 출연을 자주 하는 편인데요. 처음에는 카메라 너머에 있는 시청자들을 향해 무언가 이야기를 한다는 것이 참 어색했어요. 근데 하다 보니 그것도 늘더라고요. 직접 대면하고 말할 때와 어떤 차이가 있는지, 어떻게 하면 보다 쉽게 이해하도록 말할 수 있을지 고민하다 보면 저절로 체득하는 것들이 있어요. 각자의 스타일에 맞는 강의를 찾아보는 것도 도움이 될 거예요. 어쩌면 뜻밖의 영역에서 새로운 장점을 찾아낼 수도 있지 않을까요?

이상우 맞아요. 예를 들면 이런 거죠. 저는 생활 지도 업무에 재능이 있다고 자부해요. 특히 여학생들 사이의 미묘한 갈등 관계를 풀어내는 데 자신 있어요. 그래서 시간이 나면 교우 갈등이나 학교 폭력에 관한 영상을 5분 정도의 분량으로 특별한 편집 없이 유튜브에 올려 보려고 해요. 제가 가진 다양한 사례와 솔루션을 동료 선생님들에게 공유해 주고 싶거든요. 사례가 비슷해 보여도 저마다 양상이 다양해서 도움이 많이 될 거예요.

김현희 실제로 원격 수업에 대한 현장의 반응은 다양해요. '진정한 교육이 아니다.' '학교와 교사의 역할이 왜곡된다.' '교육 양극화가 심화되고 있다.' 하는 우려도 있고, '효율성과 접근성 면에서 만족스럽다.'라는 의견도 있어요.

어차피 교육에서 테크놀로지는 양날의 검이에요. 기술의 발전이 새로운 가능성을 제시하고 기존의 인식에 도전하기도 하지만 진열된 학습 콘텐츠를 소유하듯 지식과 배움도 소유, 거래, 측정의 대상으로 왜곡될 수 있죠. 배움의 정도가 온라인 수업 진도율과 이수율로 환원될 수는 없는 거잖아요. 확실한 것은 테크놀로지를 학생들의 교육적 경험 속에 녹아들게 하는 능력은 새로운 시대를 맞는 교사들에게 요구되는 역량 중 하나라는 거예요.

저는 지금 상황이 위기가 될 수도 있고, 기회가 될 수도 있다고 생각해요. 혼란을 딛고 여기까지 왔으니 이제는 차분하게 생각해 봐야죠. 칠판과 책, 연필과 한숨, 학생들이 떠드는 소리가 없는 수업 속에서 교육이 무엇인지, 모든 걸 다 버려도 끝까지 남아 있을 교사의 역할은 무엇인지에 대해서요.

저도 우리 집
귀한 자식입니다만

방과 후에는 교사도 쉽니다

새벽 두 시에 울린 문자 알림 소리에 잠에서 깼어요. 문자를 보낸 이는 최근 학교 폭력 사건에 연루되었던 저희 반 학생의 학부모였어요.

「선생님이 어떻게 그럴 수가 있어요? 우리 애가 뭘 그리 잘못했다고.」
AM 2:00
「내가 이대로 가만히 있을 것 같아요? 내가 당신 학교에 못 나오게 할 거야. 두고 봐.」
AM 2:03

그분은 첫 문자를 시작으로 무려 두 시간 동안 계속해서 문자를 보냈고, 저는 결국 한숨도 자지 못한 채 뜬눈으로 밤을 새워야 했어요. 방과 후 학부모로부터 연락을 받은 적은 몇 번 있었지만 이렇게 늦은 시간에 연락을 받은 것은 처음이었어요. 더욱이 A4 용지 35장 분량의 욕설이 담긴 문자를 받게 되리라고는 상상해 본 적도 없었고요. 가족들에게 문자를 보여 주자 다들 경악하며 저를 걱정하고 있어요. 휴대 전화의 진동이 울릴 때마다 가슴이 쿵 내려앉고, 무서워서 눈물이 날 것 같아요.

교사는 24시간 AS 센터가 아니다

김택수 학부모가 새벽 두 시에 문자를 보냈다는 것도 놀라운데 심지어 욕설이 담긴 문자가 무려 A4 용지 35장 분량이었다고 해요. 와, 이 정도면 거의 논문 아닌가요?

이상우 그렇죠. 아마 이 선생님만큼은 아니더라도 교사라면 대부분 밤늦게 학부모에게서 문자를 받아 본 경험이 있을 거예요. 물론 용건은 다 달라요. 아이의 학교생활이나 준비물에 대해 물어보는 것일 수도 있고, 학교 폭력을 의심하고 걱정하는 내용일 수도 있어요.

양지열 교사와 학생, 교사와 학부모는 공적인 관계이지만 일부 학부모님들은 그렇게 생각하지 않는 것 같아요.

왜 학부모들이 늦은 시간에 교사에게 연락하는지 이해는 돼요. 그분들도 방과 후가 되어서야 자녀와 대화를 나누고, 직장에 다니는 경우에는 본인이 퇴근한 후에야 자녀에게 있었던 일에 대해 알게 되니까요.

하지만 선생님도 퇴근해야죠. 선생님들이 학부모의 늦은 연락을 받아 주는 건 감사한 일이지만 좋지 못한 문화는 바꿔 나가는 것이 맞다고 봐요. 하다못해 AS 센터도 이용 시간이 정해져 있는데 밤늦게 교사에게 문자 폭탄을 보낸다는 건 있을 수 없는 일이에요.

김현희 교사의 법정 노동 시간은 하루 8시간이에요. 오전 8시 30분에 근무를 시작하고, 오후 4시 30분에 종료해요. 이 시간 외에는 교사도 가사 노동이나 육아를 하고, 취미 생활이나 여가 생활도 할 수 있어야 해요. 특별한 일을 하지 않더라도 충분한 휴식을 취해야 다음 날 일과 수행에 지장이 없으니까요. 새벽에 문자 폭탄을 날리는 건 분명 사생활 침해이면서 동시에 교권 침해라고 봐야죠.

양지열 이른바 「정보통신망법」이라고 말하는 「정보통신망 이용촉진 및 정보보호 등에 관한 법률」에는 불법 정보를 유통하면 안된다고 하는 조항이 있어요. 상대방을 비방할 목적으로 공공연하게 타인의 명예를 훼손하는 내용 또는 공포심이나 불안감을 유발하는 내용을 반복적으로 보내는 경우가 불법 정보 유통에 해당돼요. A4 용지 35장 정도면 명백히 반복적인 행위라고 볼 수 있겠죠.

게다가 가족들도 무서워할 정도였다고 했어요. 법은 나의 주관적인 감상이나 기분뿐만 아니라 다른 사람들의 객관적인 의견도 중요한 판단 기준으로 삼거든요. 가족들도 무서워했을 정도라면 객관적으로 봐도 불법 정보에 해당하는 사안인 거죠.

교사의 개인 연락처를 알려 줘도 될까

김택수 문제는 학부모가 교사의 개인 연락처를 알고 있다는 것에서 시작되지 않나 싶어요. 일단 학부모에게 개인 연락처를 알려 주는 것에 대해 교사들마다 가지고 있는 생각이 다 달라요. 반갑게 연락을 받아 주는 교사가 있는 반면, 내일 학교에 가서 다시 이야기하자고 하는 교사도 있고요. 선생님마다 응대 방식이 다르다 보니까 학부모 입장에서는 혼란스러울 수 있죠. 여러분들은 학부모에게 교사의 개인 연락처를 알려 주는 것에 대해서 어떻게 생각하세요?

김현희 저는 메일 주소 정도는 공유하되, 교사 개인의 연락처는 공유하지 않는 편이 좋다고 생각해요. 웬만한 사안은 근무 시간 내에 인터폰을 통해 해결할 수 있어요. 물론 피치 못할 사정이 있는 학부모의 경우 교사들이 융통성 있게 처신할 수 있지만, 원칙적으로 교사 개인의 연락처는 공개하지 않는 것이 맞다고 생각해요.

이상우 사회적으로 일과 휴식의 구분이 이루어지고, '워라밸(Work and life balance)'을 중요하게 여기는 문화가 퍼지면서 교사의 개인 연락처를 굳이 학부모에게 알려 줄 필요가 없다는 데에 대한 공감대가 형성되고 있어요. 저도 제 자녀가 다니는 어린이집 선생님 연락처는 모르거든요. 물어본 적도 없어요. 교육청에서도 교사의 연락처를 학부모에게 알려 주지 않아도 된다고 공지하고 있죠. 서울특별시교육청의 경우 교사가 원하면 문자 수신과 전화가 가능한 업무용 휴대 전화를 지급하고 있어요. 점진적으로 교사의 개인 정보와 사생활을 보호하려는 노력이 늘고 있다는 방증이죠.

김현희 부모가 가정에서 자녀를 보는 것과 교사가 교실에서 학생을 바라보는 입장은 차이가 있을 수밖에 없어요. 그 차이에 대해 잘 설득해야 할 것 같아요. 밤에 연락하는 문제만 해도 학부모 입장에서는 '교사가 왜 이 정도 연락도 받아 주지 않는 거지? 학부모라면 궁금해할 수 있는 것 아닌가?'라고 생각할 수 있지만, 교사 입장에서 그런 분들이 수십 명이면 정상적인 교육 활동이 불가능하잖아요? 교사도 교육전문가로서 당당하게 학부모에게 협조를 구해야 해요.

양지열 때로는 안 되는 것에 대해 명확하게 선을 긋는 것도 필요해요. 민원에 대한 걱정 때문에 부탁을 계속 들어주게 되면 학부모 입장에서는 연락해도 되나 보다 하고 계속 연락하죠. 학부모의 연락을 받아 주면서도 교사의 마음속에는 점점 불편한 감정이 쌓이고요. 겉으로는 괜찮아 보일지 모르지만 나중에는 사소한 일로 그간 쌓여 있던 감정이 터질 수 있거든요. 그럼 학부모 입장에서는 당황스럽고, 기분이 나쁠 수 있어요. 여태껏 괜찮다고 했던 교사가 갑자기 화를 내니 황당할 수밖에 없는 거죠. 그럼 또 학교나 교육청에 민원을 넣는 거고요.

학부모가 교사에게 궁금한 것이 있거나 상의하고 싶은 일이 있다면 학교에 연락해서 상담 날짜와 시간을 정한 다음 학교에 방문하는 게 맞아요. 저도 중학생 자녀를 키우고 있는데, 요즘은 휴대 전화 어플리케이션이 잘 만들어져 있어서 학교 알림장도 휴대 전화로 볼 수 있더라고요. 교사에게 직접 연락하는 것을 지양하는 동시에 다른 수단들로 보완해 가는 추세 같아요.

교사와 학부모의 관계는 특수한 부분이 있지만 어디까지나 공적인 관계에 해당해요. 따라서 상담이나 문의에 대한 규칙을 공식적으로 정해 두는 것이 좋아요.

예를 들어 SNS나 인터넷 커뮤니티에 학부모 문의 게시판을 만들어서 운영하는 거죠. 학부모들이 자유롭게 문의를 남기도록 하고, 교사는 문의에 대한 답변을 적어도 다음 날 몇 시 전까지는 남기겠다는 내용을 미리 안내하는 거예요. 그렇게 정한 후에는 혹시 남는 시간이 생기더라도 정해진 시간 전에는 답변을 올리지 말고, 조금 기다렸다가 시간에 맞춰 답변을 올리세요. 그러다 보면 학부모 역시 자연스럽게 규칙으로 받아들이게 되고 공식적인 절차로 만들 수 있어요. 교사와 직접 상담이 필요할 경우에는 상담 예약 게시판에서 방문 일자와 시간을 정하도록 하고요.

반드시 이런 방법이 아니라도 좋아요. 중요한 건 전화나 문자가 아니라 공식적인 창구를 통해 학부모와 소통하는 것이니까요.

불가근불가원, 거리 두기의 중요성

이상우 부부지간이나 사제지간도 마찬가지지만 교사와 학부모 사이에도 적당한 거리 두기가 필요해요. 그럼 적당한 거리는 뭘까요? 콕 집어 말하기 어렵지만 저는 '불가근불가원(不可近不可遠)'을 원칙으로 삼으면 좋겠어요. 풀이하면 '가까이할 수도 멀리할 수도 없다.'라는 뜻이에요. 학부모와 어느 정도는 거리를 유지하되, 소통은 지속하면서 신뢰를 쌓는 것이 중요해요.

그래서 저는 학기 초 안내장을 보낼 때 학부모가 챙겨야 할 준비물을 안내하면서 저의 교육관, 학생들에 대한 마음, 한 해 동안의 다짐을 담아서 보내요. 이렇게 안내장을 보내면 학부모들도 조금은 마음을 놓을 수 있어요.

그리고 총회나 학부모 상담 주간 전에 자녀에 대한 칭찬 메시지를 보내요. 한 번씩 메시지 보내는 정도는 그리 어렵지 않거든요. 그렇게 하다 보면 학부모들도 어느 정도는 교사를 신뢰하게 될 거예요. 학부모 민원을 지나치게 걱정한 나머지 소통을 아예 하지 않는다면 학부모가 자녀로부터 얻는 정보와 사실 사이에 갭이 생길 수 있어요. 그러다 보면 처음에는 선생님을 좋게 생각하던 학부모도 점점 의심하고 염려하게 되고요.

김현희　초등 교사들 사이에는 이런 말이 돌아요. '대한민국 초등 교사의 근무 시간은 24시간'. 교사 한 명이 상대하는 학생과 학부모가 수십 명이다 보니 이런 일들이 비일비재하죠. 다른 학교급도 사정은 비슷할 거예요.

아까 말씀드린 것처럼 교사 개인의 연락처는 공개하지 않는 것이 원칙적으로 맞다고 생각해요. 가끔 어떤 학교는 학부모들에게 개인 연락처를 공개하라고 교사에게 압력을 주기도 하는데 교사들은 개인 연락처를 공개하지 않을 법적인 권리가 있다는 걸 알고 계시면 좋겠어요.

그리고 양 변호사님이 말씀하셨듯이 학부모 상담은 예약제로 해야 해요. 만날 시간과 장소를 미리 정하고, 어떤 대화와 상담이 필요한지 서로 생각할 시간도 갖는 거예요. 그렇게 하지 않고 갑작스럽게 상담 시간을 갖게 되면 교사는 공적인 업무 시간을 방해받고 무엇보다 상담의 효과도 떨어져요. 교사도 상담 전에 미리 상담 자료를 보고, 의견을 정리하는 시간이 필요하거든요. 대부분의 나라들은 이미 이렇게 하고 있어요. 교사의 개인 연락처를 공개해서 학부모로부터 불쑥불쑥 전화나 문자가 오는 일은 거의 없어요.

상담은 기본적으로 교사와 학부모가 학생을 위해 협력하고 정보를 주고받는 시간이에요. 예약제가 정착되면 교사와 학부모 모두 사전에 상담을 준비할 수 있는 시간이 확보돼서 불필요한 감정 충돌이나 잘못된 정보로 인한 마찰이 많이 줄어들 거예요.

창밖의 그림자

　수업을 하다가 무심코 고개를 돌렸더니 그림자 하나가 창밖에 아른거리고 있었어요. 누구인지 유심히 살펴보니 우리 반 학생의 학부모더라고요.

　교실 안을 쳐다보는 그분의 뜨거운 시선에 저는 수업 중인 것을 잊고 머릿속이 새하얘졌어요. 애써 태연한 척 수업을 이어 갔지만 속으로는 학부모가 신경이 쓰여 도무지 수업에 집중하기가 어려웠죠.

　'오늘은 참관 수업도 아닌데 사전 연락도 없이 무슨 일로 오셨을까?'

　그날 저녁 학부모님은 제게 문자 한 통을 보내셨어요. 아이가 수업에 도통 집중하지 못하던데 수업 내용이 어려워서 그랬던 것 같다며 조금 더 쉽게 가르칠 수 없겠냐는 내용이었어요. 저는 문자를 본 순간 수업 내내 저를 긴장하게 만들었던 그분의 시선이 떠올라 마음이 무거워졌어요.

교실은 보호받아야 할 공간

이상우　학부모가 교사와 사전 협의 없이 학교를 내방해서 몰래 수업을 지켜보는 일이 종종 있어요. 물론 학부모도 딱히 나쁜 의도가 있는 건 아니에요. 보통은 자녀에 대한 관심이 너무 많아서죠. 선생님이 어떻게 수업을 진행하는지 궁금하거나 자녀가 학교에서 잘 지내고 있는지 걱정이 되어서요.

그저 수업을 보는 것에서 끝나면 그래도 다행인데 문제는 그 후 교사의 교육 방식에 대해 지적하는 것으로 확대될 수 있다는 거예요. 학생을 너무 건성으로 보는 것이 아니냐고 지적하거나, 작년의 담임 교사와 비교하면서 자습 시간에 문제집 풀이를 요구하는 식으로요.

교사의 교육 방식에 대해서 지나치게 간섭하거나 지적하는 행위는 분명 교권을 침해하는 행위예요. 교육관이나 수업 방식은 교사마다 다르니까요. 이런 행위들은 「교원지위법」이나 「교육활동 침해 행위」 고시에서 말하고 있는 '교원의 정당한 교육 활동에 대해 반복적으로 부당하게 간섭하는 행위'에 속한다고 볼 수 있어요.

만일 이러한 일을 겪으면 일단 관리자에게 적절한 근거를 제시하고, 상황을 공유해야 해요. 「교육활동 침해 행위」 고시 제2조 제4항을 근거로 학교장의 판단하에 교권 침해로 분류될 수도 있는 문제거든요. 그렇게 되면 교권보호위원회 등의 후속 조치도 이루어질 수 있고요.

물론 학부모가 이런 행동을 했을 때 교사도 그저 감정이 상한 것인지 아니면 교권을 침해당한 것인지 구분할 필요는 있어요. 예를 들어

참관 수업을 들은 학부모가 교사에게 "선생님, 얼굴 표정이 너무 무섭네요."라고 말했다면 어떨까요? 그 말을 들은 교사는 기분이 무척 나쁘겠지만 그 말 한마디로 학부모가 교권을 침해했다고 말하기엔 애매할 수 있어요.

⚖️ **교육활동 침해 행위 고시 제2조**(교원의 교육 활동 침해 행위)

교원의 교육 활동을 부당하게 간섭하거나 제한하는 행위는 다음 각호와 같다.
① 「형법」 제8장(공무 방해에 관한 죄) 또는 제34장 제314조(업무 방해)에 해당하는 범죄 행위로 교원의 정당한 교육 활동을 방해하는 행위
② 교육 활동 중인 교원에게 성적 언동 등으로 성적 굴욕감 또는 혐오감을 느끼게 하는 행위
③ 교원의 정당한 교육 활동에 대해 반복적으로 부당하게 간섭하는 행위
④ 그 밖에 학교장이 「교육공무원법」 제43조 제1항에 위반한다고 판단하는 행위

양지열 '한 사람의 집은 그 사람의 성이다.'라는 법언이 있어요. 개인의 공간에 무단으로 침입한 사람은 적으로 여기는 거예요. 우리나라는 누군가 살고 있거나 관리하고 있는 공간을 법으로 엄격하게 보호하고 있어요. 뉴스에서 가끔 들리는 '주거침입죄'나 '건조물침입죄'가 대표적인 예죠.

공간에 들어와서 무슨 행동을 하는지는 중요하지 않아요. 무단으로 공간에 들어오는 것 자체를 금지하는 거예요. 신체가 직접 들어온 것이 아니라 창밖에서 들여다보기만 했어도 죄가 성립될 수 있어요.

교사에게 교실은 마땅히 보호받아야 할 공간이에요. 학부모라고 할지라도 사전 협의 없이 마음대로 드나들 수 있는 곳이 아니죠. 물론 수

업을 몰래 지켜보거나 학교에 불쑥 찾아오는 학부모에게 사전에 말도 없이 교실에 오는 것은 건조물침입죄에 해당하니 당장 나가 달라고 하라는 것은 아니에요. 교사에게 어떤 권리가 있는지 스스로 알고 있으면 좋겠다는 뜻에서 강조한 거예요.

학생들의 교육에 대한 일차적 권한은 부모에게 있지만 학교 교육만큼은 교사에게 달려 있어요. 특별한 이유로 반드시 수업을 직접 보고 싶다고 하는 학부모에게는 공식적으로 진행되는 참관 수업에 참여하시라고 명확하게 알려 주세요.

대신 학부모가 적극적으로 학교의 행사나 교육에 참여할 수 있는 다른 기회들을 마련하면 좋겠죠. 요즘에는 가정 통신문을 모바일로 확인할 수 있을 뿐만 아니라 인터넷 커뮤니티 등을 통해 학부모가 교육과정에 참여할 수 있는 방법이 많다고 들었어요. 몰래 수업을 보는 것을 대신할 방법들을 알려 주고 학부모에게 정중히 협조를 구하면 좋겠어요.

김택수 학기 초에 학부모들과 학교 내방에 대한 약속을 정해 두는 것도 좋아요. 저는 새 학년이 시작되면 항상 학부모에게 편지를 써요. 새 학기를 맞은 학부모는 자녀의 담임 교사가 어떤 사람인지 궁금해할 수 있잖아요. 그래서 안내장을 통해 학급 경영 철학과 담임으로서의 다짐을 소개하고 학부모와도 한 해를 잘 보내기 위한 규칙을 정해요. 그렇게 하면 학부모에게도 좀 더 현실적인 의사소통 방법을 제안할 수 있어요.

○○초등학교 ○학년 ○반 학부모님께

안녕하세요. 저는 이번에 사랑스러운 자녀의 담임을 맡게 된 교사 김택수입니다. (…) 부모님이 자녀를 사랑하시는 데 아무런 대가를 바라지 않듯이 저 역시 같은 마음으로 아이들을 사랑하겠습니다. 항상 공부하는 교사가 되어 아이들에게 모범을 보이며 감정에 치우치지 않는 교사가 되기 위해 노력할 것입니다. (…) 한 해 동안 아이들이 행복하게 지내며 훌륭하게 성장할 수 있도록 학부모님들께도 몇 가지 부탁을 드리고자 합니다.

1. 칭찬 많이 해 주기
2. 이기심을 버리도록 가르쳐 주기
3. 자신의 일은 스스로 할 수 있도록 지도하기

(…) 혹시 상담을 원하실 때는 가급적 미리 연락을 주시고 상담 일정을 잡거나 유선 통화 혹은 학생 알림장을 통해 알려 주시면 좋겠습니다. **(사전 연락 없이 학교 내방 및 교실 방문은 자제 부탁드립니다.)**
끝으로 언제나 가정에 마술처럼 웃음과 행복이 함께하기를 진심으로 바라겠습니다. 감사합니다.

학교 번호: *** – *** – **** (내선 번호 ***)

교사의 교육권

이상우 교사들도 수업이 끝나기 전에 잠깐 교실을 보는 것만으로 학부모에게 교권 침해라고 지적하지는 않아요. 반복적으로 수업을 몰래 지켜보거나 자녀의 학교생활을 우려한 나머지 학교에서도 곁에서 보호하려 하는 것, 그리고 수업에 대한 불만을 잘못된 방식으로 표출하는 것 등이 문제인 거죠. 그건 엄연히 교권을 침범하는 것이거든요.

　동료 교사가 학부모로부터 비슷한 일을 겪은 적이 있어요. 한번은 담임을 맡은 학생의 학부모가 학교에 찾아와서 방과 후에 자녀가 수학 문제집 푸는 것을 도와 달라고 하셨대요. 작년 담임 선생님은 흔쾌히 해 주셨다고 덧붙이면서요.

　물론 시간적인 여유가 있으면 방과 후에 개별 지도를 해 줄 수 있겠으나 여건상 쉽지 않죠. 게다가 교사가 방과 후에 학생의 문제집 풀이를 반드시 도와줘야 할 의무도 없고요. 자녀의 성적이 우려되니 조금 더 관심을 가지고 봐 주면 좋겠다는 정도의 부탁은 교사도 쉽게 수긍할 수 있어요. 하지만 교사니까 당연히 해 줘야 하는 일이 되면 안 되죠. 교육과정을 충실히 따른다는 전제하에 학생들에게 무엇을 어떻게 가르칠지는 교사에게 주어진 고유한 권한이니까요.

김현희 「교육기본법」제14조 제1항에서는 '학교 교육에서 교원의 전문성은 존중되며, 교원의 경제적·사회적 지위는 우대되고 그 신분은 보장된다.'고 명시하고 있어요. 교사에게 특별한 지위나 경제적 이익을 주기 위한 것이 아니라 교사가 부당한 외적 간섭 없이 교육 활동을 정상적으로 수행하게 하려는 거예요. 교사의 사회적 신분과 경제적 여건이 불안하면 교사는 교육 활동을 제대로 할 수 없고 그건 곧 학생의 학습권 침해로 이어지니까요.

학부모가 사전 협의 없이 무단으로 수업을 참관하는 것은 분명 교사의 전문성을 무시한 교권 침해예요. 특별한 이유로 참관이 필요하면 반드시 사전에 참관의 목적과 필요성에 대해 교사와 상호 협의를 해야죠. 교실은 직무상 책임과 권한이 없는 사람이 마음대로 드나들 수 있는 장소가 아니니까요. 이런 행위들이 계속된다면 교권뿐만 아니라 학생들의 학습권도 침해받게 되죠.

교권은 교사가 수업할 권리에만 국한되는 것이 아니에요. 교육적인 격려와 포상, 교칙을 위반하거나 정상적인 교육 활동을 방해하는 행위에 대한 규제와 징벌도 포함돼요. 적법하게 이루어지는 모든 교육 활동은 독립성과 자율성을 보장받아야 해요. 미흡한 부분은 있지만 실제 법률에도 그렇게 명시되어 있고요. 그러니까 선생님들도 당당하게 교육 전문가로서의 정체성을 키워 나갔으면 해요.

온라인 개학 이후 벌어진 일

양지열 코로나19 사태 이후 전국적으로 온라인 개학을 실시했고 학교에서는 원격 수업을 시작했죠. 그 과정에서 많은 교사들이 차마 웃지 못할 난감한 일들을 경험했다고 들었어요. 아이들은 잠옷을 입은 채 모니터 앞에 앉아 있고, 부모님은 자녀가 제대로 수업을 받는지 궁금한 마음에 자녀의 옆에 나란히 앉아 수업을 듣고 있는 경우도 적지 않다고 하더군요. 교실이 보호받아야 할 공간이듯 가상의 교실도 마찬가지예요. 하지만 현실적으로 모니터 너머의 상황을 통제하기는 어려워요.

원격 수업이라는 특수한 상황에서 교권 침해는 그 누구도 겪어 보지 못한 상황이에요. 선생님들도 답답하고 막막하시겠지만 학부모에게 이해와 협조를 구하려는 노력이 필요해요. 원격 수업이라도 수업 시간은 온전히 교사와 학생들만이 상호 작용하는 시공간임을 잘 설명하고, 최소한의 독립적인 공간과 시간을 가정 내에서 마련해 주십사 부탁드려 보세요. 교육 환경의 변화로 어려움을 겪고 있는 건 학부모도 마찬가지거든요. 선생님들이 학생뿐만 아니라 학부모와도 활발히 소통하고 서로의 입장을 이해하려는 노력이 필요할 것 같아요.

김현희 교사와 학부모 사이에 내재하던 갈등이 코로나19 사태로 폭발한 경향이 있어요. 일부 학부모들이 청와대 국민 청원 사이트에 원격 수업에 대한 불만을 토로하며 "이건 원격 수업이 아니라 방치다." "주 3회 전화 수업을 하라." "학부모가 출석 체크하고, 과제와 숙제를 봐주는 동안 교사들은 대체 뭘 하고 있나." "실시간 수업을 해라."라는 내용의 글을 올려 큰 호응을 얻기도 했고요.

참 어려운 문제예요. 요구 사항이 과하긴 했지만 불만을 토로한 학부모들의 입장도 어느 정도 이해가 됐어요. 가만히 생각해 보면 학부모들이 정말로 원했던 것은 실시간 쌍방향 수업 형태 그 자체라기보다 원격 수업을 하면서도 교사와 학생 사이에 의미 있는 학습이 일어나고 있다는 징표이지 않았을까 생각해요. 현 시점에서 교육계의 자성과 성찰이 필요한 것도 맞고요. 하지만 그렇다고 학교가 학부모의 무리한 요구를 무조건 수용할 수는 없어요. 자율과 책임은 교육 전문성의 핵심이니까요.

'교사와 학부모는 교육의 협력자다.'라는 말이 더 이상 추상적인 차원에만 머물러서는 안 된다고 봐요. 그런 차원에서 교사에게 교권을 보장하는 것처럼 학부모에게도 교육 참여권을 보장해야 하지 않을까요? 교사가 맡은 바 책임을 다하기 위해 교육에 대한 권한이 있어야 하듯이 학생의 교육 상황에 대한 책임을 공유하기 위해 학부모에게도 교육 참여권을 부여할 필요가 있어요. 민주적인 교육 여건을 조성하기 위해서도 반드시 필요한 일이에요.

이상우 아무래도 원격 수업은 대면 수업보다 기술적이나 환경적으로 준비해야 할 것이 많고 학생들의 학습 상황을 즉각적으로 점검하기 어려워요. 하지만 학부모는 이런 상황을 잘 모르는 경우가 많아요.

원격 수업과 관련된 민원의 주된 원인은 부모가 자녀의 학습 상태에 대해 잘 알지 못하는 것에서 생기는 걱정과 불만이거든요. 주기적으로 학생의 학습 상황과 과제 수행에 대한 피드백을 문자나 전화로 알려 드리는 것도 학부모의 협조를 구할 수 있는 방법이에요.

온라인 개학 당시에도 학부모의 가장 큰 불만은 교사의 수업 방식보다는 과제에 대한 교사의 피드백과 교사와 가정 사이의 소통이 부재한다는 점이었어요. 원격 수업이 계속 이어지면서 학생들은 고립되고, 교사와 소통할 수 있는 기회는 사라져서 학부모들의 불만이 높은 건 당연했죠. 쉽지 않겠지만 선생님이 학생과 학생의 가정에 먼저 다가가서 소통하려는 노력이 원격 수업에 대한 강성 민원이나 부당한 간섭을 예방할 수 있는 방법 중 하나라고 생각해요.

인터넷을 달군 악덕 교사

"이 글, 혹시 선생님 이야기 아니에요?"

수업을 마치고 교무실로 돌아온 제게 동료 교사가 조심스레 자신의 휴대전화를 보여 줬어요. 동료가 보고 있던 건 이 지역에서 가장 큰 육아 정보 커뮤니티의 인기 글이었어요.

[자유수다방] 애들에게 막말하는 **시 중학교 체육 교사

그 글은 자녀가 다니는 학교의 교사가 아이들에게 시도 때도 없이 소리를 지르고 막말을 해서 아이들이 항상 주눅이 들어 있는데 전학을 가야 할지 고민이라는 내용이었어요. 글에 실명을 언급하지 않았지만 지인이라면 그 교사가 저라고 쉽게 짐작할 수 있을 정도로 특징을 구체적으로 묘사하고 있었어요. 저는 단지 수업을 방해하는 학생들을 몇 번 혼냈을 뿐인데 이 글 속의 저는 아이들에게 막말과 욕설을 일삼는 교사가 되어 있더군요. 항상 좋은 선생님이 되고자 노력하지만 이럴 땐 자괴감이 밀려와요.

인터넷에 올라온 내 이야기

김택수 가끔 학부모들이 온라인 커뮤니티나 개인 SNS에 자녀가 학교에서 겪은 일을 글로 써서 화제가 되는 경우가 있죠? 글을 올리는 것 자체가 잘못됐다는 건 절대 아니에요. 저도 학교에서 힘든 일이 있거나 위로받고 싶은 일이 있으면 SNS에 글을 쓰거든요. 그래서인지 제가 이런 일을 겪었다면 학부모에게 문제를 제기해도 되는 사안인지 판단하기 어려울 것 같아요. 아예 없던 일을 말한 것도 아닌데 왜 그러냐고 할 수도 있고, 학교로 찾아가서 소란을 피운 것도 아닌데 과민 반응 아니냐는 말을 들을 수도 있으니까요. 그렇다고 모른 척 내버려 둘 수도 없어요. 자칫 하지도 않은 말과 행동으로 뉴스에만 등장하던 악덕 교사가 될 수 있으니 말이에요.

이상우 최근에도 이런 사례들이 많았어요. 2018년 8월에 김포의 어린이집에서 있었던 일이에요. 야외 체험 학습 중 교사가 돗자리를 정리하다가 옆에 있던 원생이 넘어졌는데 지나가던 시민이 아동 학대로 오인하고 경찰서에 신고한 거예요. 그 후 해당 내용을 '맘 카페'에 올리면서 아동 학대가 기정사실화됐고, 원생의 이모가 김포의 맘 카페에 추가 글을 쓰면서 댓글에 어린이집과 교사의 실명이 노출됐어요. 해당 교사는 네티즌의 비난, 원생 가족의 모욕과 폭행, 원장의 사직 권고 등의 상황을 힘들어하다 결국 극단적인 선택을 하고 말았죠. 해당 교사의 억울한 누명을 벗겨 줘야 한다는 청와대 국민 청원이 15만 명 이상의 동의를 얻고, 형사 재판에 이르렀을 정도로 사회적 파장이 큰 사건이었어요.

양지열 선생님이든 학부모든 인터넷에 글을 쓰는 건 어디까지나 개인의 자유예요. 하지만 글의 목적과 내용에 따라서는 위법이 될 소지가 있어요. 만일 학부모가 인터넷에 올린 글에 대해 문제를 제기하고 싶을 때는 그 글이 사이버 명예훼손이 성립될 수 있는지 여부를 잘 따져 봐야 해요.

사이버상의 명예훼손은 「정보통신망 이용촉진 및 정보보호에 관한 법률」이라는 별개의 법을 적용받는데, 일반적인 명예훼손이나 모욕죄보다는 처벌 수위가 훨씬 세요. 공연성이라는 특징이 강하기 때문이에요. 사이버상에서는 정보가 쉽게 전파되기 때문에 피해 규모가 상당히 커요. 비밀 글이면 모르겠지만 불특정 다수가 볼 수 있는 곳에 글을 쓰면 심각한 문제가 될 수 있어요.

공연성과 더불어 사이버 명예훼손을 성립시키는 주요 요건 중 하나는 바로 '비방할 목적'이에요. 해당 행위가 그 사람을 비방할 목적이 있었는지를 따지는 거죠. 앞서 나온 김포 어린이집 사건에서는 직접적으로 교사의 신상을 노출하고 모욕과 폭행을 저질렀던 이모만 유죄를 선고받고, 맘 카페 회원들은 1심에서 무죄를 선고받았거든요. 그 이유 중하나도 재판부가 그 회원들에게 '비방할 목적'이 없다고 봤기 때문이에요. 아동 학대는 해당 커뮤니티의 회원이라면 누구나 관심을 가질 사안이라는 것이죠.

하지만 법에 대해 잘 알지 못하는 사람이 사이버상의 명예훼손과 모욕의 성립 여부를 판단하기는 어려워요. 그러니 학부모가 온라인에 글을 써서 올렸다고 해도 문제를 제기할 수 있는 사안인지 구분하기 쉽지 않죠. 그럴 때는 기관이나 전문가의 도움을 받으면 좋겠어요.

⚖️ **정보통신망법 제70조(벌칙)**

----

① 사람을 비방할 목적으로 정보통신망을 통하여 공공연하게 사실을 드러내어 다른 사람의 명예를 훼손한 자는 3년 이하의 징역 또는 3천만 원 이하의 벌금에 처한다.
② 사람을 비방할 목적으로 정보통신망을 통하여 공공연하게 거짓의 사실을 드러내어 다른 사람의 명예를 훼손한 자는 7년 이하의 징역, 10년 이하의 자격 정지 또는 5천만 원 이하의 벌금에 처한다.
③ 제1항과 제2항의 죄는 피해자가 구체적으로 밝힌 의사에 반하여 공소를 제기할 수 없다.

김현희　교사는 다수를 상대하는 직업이라 이런 위험에 노출될 가능성이 커요. 예전에 알고 지내던 동료 교사도 학부모와 관계가 틀어졌는데 그 학부모가 다른 학부모들에게 해당 교사에 대한 부정적인 평가를 지속해서 하는 바람에 많이 힘들어했어요. 교육의 시작과 끝은 관계잖아요. 그렇게 부정적인 평판을 얻게 되면 신뢰를 회복하기까지 시간도 오래 걸리고, 교사로서 자존감도 많이 떨어지죠.

낮은 신뢰가 만들어 낸 불협화음

김현희   교권 침해 현황에 대한 통계를 보면 교권을 가장 빈번하게 침해하는 대상이 학부모라고 나와요. 안타까운 상황이죠. 교사가 교육 활동을 정상적으로 수행하기 위해서는 무엇보다 학생과 학부모의 협력이 절실하니까요.

교사와 학부모의 갈등에는 여러 가지 이유가 있겠지만 그중에서도 한국이 대표적인 저신뢰 사회라는 걸 간과할 수 없어요. 저신뢰 사회의 구성원들은 혈연 집단에 대한 신뢰만 강하고 낯선 사람에 대한 신뢰가 낮아요. 신뢰가 낮기 때문에 더 많은 계약과 문서, 치안과 변호사 등이 필요하죠. 그게 다 사회가 치르는 비용이에요. 그래서 사회의 신뢰 수준은 '사회적 자본'이기도 해요.

제가 볼 때 지금 한국의 학교들은 저변에 흐르는 낮은 신뢰도 때문에 엄청난 비용을 치르는 중이에요. 감시, 법, 소송 등이 난무하고 교육 기관이 온전하게 교육 활동에만 매진할 수 없는 상황이죠.

이상우   교사는 수십 명의 학생을 만나는데 학부모는 보통 한두 명의 자녀만 보면 되죠. 교사는 전체 학급을 운영하는 데에 초점을 맞추지만, 학부모는 교사가 내 자녀를 좀 더 자세히 들여다보기를 바라요. 가정은 정이 흐르는 공간이고, 교실은 친구들과 공부하고 생활하는 공적인 공간이에요. 그러니 가정에서 보는 자녀와 학교에서 보는 학생은 다를 수밖에요. 하지만 학부모 입장에서는 그 부분을 잘 이해하지 못해요. 학교에서의 자녀 또한 부모가 가장 잘 안다고 생각하죠.

때로는 학생이 학교에서 겪은 일을 집에 가서 어떻게 전하는지에 따라 교사와 학부모 간의 갈등이 더 커지기도 해요. 아무래도 학부모는 학교생활에 대해 교사보다 자녀에게 더 많은 정보를 얻고, 교사보다 가족인 자녀의 말을 더 신뢰하는 경향이 있으니까요.

양지열 교사의 사회적 역할과 지위가 빠르게 변하고 있는 것도 이유라고 생각해요. 사교육 시장이 커지면서 전적으로 학교에 의존하던 교육 환경이 달라진 것도 하나의 원인일 거고요. 변화하는 시대 속에서 교사의 역할과 지위에 대한 의견이 분분하다는 사실 역시 갈등의 원인이 될 수 있겠죠. 여러 가지 의견이 있다는 것은 서로 충돌할 가능성도 커진다는 것이니까요.

한편 사회의 모든 분야에서 과거에 '권위'라고 부르던 것들을 내려놓고 있는 것도 교사 입장에서는 신뢰를 잃는 것처럼 느껴질 수 있을 거예요. 교사라는 이름이 가진 무게감이 가벼워진 것처럼 받아들일 수도 있고요.

하지만 그런 일이 비단 교사에게만 일어나고 있는 것은 아니에요. 저 같은 법조인들 역시 마찬가지죠. 변호사라는 세 글자만으로 믿음을 주던 시대는 끝난 지 오래됐어요. 변화하는 시대에 살면서 어느 정도는 감수해야 할 부분이라고 생각해요. 앞으로 교사라는 직업의 새로운 위상을 어떻게 세울지에 대한 고민이 필요한 시점이에요.

학부모와의 신뢰를 회복하는 방법

김택수　교사와 학부모 간의 의사소통이 원활히 이루어지지 않았을 때 갈등이 심화되는 것은 분명해요. 교사는 교사대로 노력이 필요하고, 학부모는 학부모대로 공개 수업 참관, 학교운영위원회 같은 공식적인 학부모 활동에 참여함으로써 서로의 입장을 이해하고 신뢰 관계를 쌓아야 하죠.

김현희　저 역시 신뢰 회복을 위해서는 교사와 학부모 모두의 노력이 필요하다고 생각해요. 이 부분에 대해 고민을 하던 중에 저명한 교육자인 바실리 수호믈린스키의 글이 제게는 아주 큰 도움이 됐어요.
　그는 부모 교육을 중시했어요. '아동의 발달 과정에 대해 깊이 이해하고 있는 교사들이 자녀 양육에 있어 부모들에게 지침을 제공해야 한다.'고 단언하기도 했고, 실제로 부모 교육에 엄청난 시간과 노력을 쏟았어요. 학부모와의 관계에 이러한 철학과 실천을 적용하는 방안을 고민해야 해요.

이상우　신뢰를 얻는 지름길은 역시 꾸준하고 적절한 소통이죠. 교사의 입장에서 학부모와의 관계는 늘 어려운 것이 사실이지만 진심은 반드시 통하더라고요. 학기 초에 교사의 다짐을 담은 안내장과 아이에 대한 칭찬 메시지 보내기, 온라인 커뮤니티에 수업이나 체험 프로그램 사진 올리기, 학급 소식 공유하기 등 작은 노력으로도 학부모들의 신뢰를 얻을 수 있어요.

　물론 선생님들의 성향에 따라서 학부모와의 적극적인 소통이 부담스럽게 느껴질 수도 있어요. 적극적인 소통이 민원의 소지가 되기도 하고요. 예를 들어 자녀가 작게 나오거나 무뚝뚝한 표정으로 찍힌 사진을 보고 민원을 제기할 수도 있으니 걱정스럽겠죠.

　교사가 무슨 일을 하든 불만이 아예 없을 수는 없어요. 그래도 이러한 노력을 좋게 봐 주시는 분들이 훨씬 많다는 것에 힘을 내는 거죠. 제가 밴드로 학부모와 소통하는 걸 즐기듯, 선생님들도 자신이 즐겁게 할 수 있는 방법을 찾아 학부모와 소통할 수 있었으면 좋겠어요. 그러면 선생님의 수고도 덜고, 학부모의 신뢰도 높일 수 있을 거예요.

교실을 찾아온 불청객

수업을 하고 있는데 갑자기 앞문이 벌컥 열리고, 저희 반 학부모님이 성큼 성큼 교실로 들어왔어요. 깜짝 놀란 저는 학교에 방문한 용건을 묻기 위해 학부모에게 다가갔고, 곧바로 멱살을 붙잡혔어요.

"담임 선생님이 아이를 차별하면 어떡해요?"

저는 맹세코 저희 반 학생들을 차별하거나 편애한 적이 없었어요. 억울했지만 놀라고 당황해서 아무 말도 하지 못했죠. 소란에 놀라 달려온 옆 반 선생님과 교장 선생님의 도움으로 사태가 우선 일단락될 수 있었어요. 구겨진 셔츠를 입고 텅 빈 교실에 앉아 있으려니 교실에 들어와 제 멱살을 잡던 학부모님의 모습과 겁에 질렸던 아이들의 얼굴이 자꾸만 눈앞에 아른거리네요.

무작정 교실 문을 여는 학부모

김택수 제가 직접 겪어 본 적은 없지만 뉴스나 지인을 통해 이런 소식을 종종 접하는데, 들을 때마다 마음이 착잡해요. 학부모가 갑자기 학교로 찾아와 아이들 앞에서 교사를 욕하고 위협하는 이 상황을 어떻게 봐야 할까요?

양지열 명백한 폭행이죠. 폭행은 온갖 종류의 힘을 사람을 향해 쓰는 행위라고 생각하면 돼요. 뺨을 때리거나 밀치는 것은 물론 넥타이를 잡아당기는 것도 폭행이고요. 몸에 직접 닿지 않더라도 옆에 있는 책상을 세게 내리친다거나 상대를 벽에 밀어붙이는 행위도 폭행에 해당돼요. 폭행으로 저절로 나을 수 없는 상처를 입었다면 상해고요.

김택수 사연에 나온 선생님처럼 학부모에게 폭행을 당하는 일이 흔히 일어나는 일은 아니잖아요. 폭행이 아니더라도 수업 중에 갑자기 교실에 들어와 교사에게 항의하는 것은 수업 방해 행위에 해당한다고 볼 수 있을까요?

양지열 당연히 수업 방해 행위에 해당되죠. 교사는 공무원이잖아요. 공립 학교라면 공무 집행 방해가 성립될 수도 있어요. 사립 학교라면 업무 방해가 될 수 있고요.

김택수 학부모가 수업 중에 무작정 교실을 찾아왔을 때는 수업이 아닌 시간에 다시 오도록 안내를 하고, 일단은 수업을 끝낸 다음에 대화를 나누는 것이 최선이에요. 사연 속 선생님도 교무실이나 공개적인 자리에서 관리자의 입회하에 학부모와 만나는 자리를 가졌으면 어땠을까 하는 아쉬움이 남아요. 물론 모든 일이 생각대로 잘 풀리지는 않지만요.

양지열 학부모는 교사의 학급 경영이나 수업 방식에 대해 항의하러 온 것이지 교사에게 개인적인 원한이 있어서 찾아온 것이 아니에요. 그러니까 공적인 공간으로 이동하는 것이 반드시 필요한 상황이죠. 이때 학부모에게 자리를 옮겨야 한다는 것을 납득시키는 것이 굉장히 중요해요. 대화가 불가능하고 위험한 상황이라면 112에 신고할 수도 있어요. 신고를 수치스러운 일이라고 생각하지 않아도 돼요.

만일 신고할 정도는 아니라면 바로 응대하지 말고 잠시 시간을 두세요. 시간을 두는 것과 두지 않는 것의 차이는 꽤 커요. 변호사들끼리는 "범죄를 예방하고 싶으면 1부터 10까지만 세 봐라."라는 말을 자주 해요. 짧은 순간이지만 조금은 마음이 차분해지고 감정이 정리되거든요.

선생님들은 상대가 감정적으로 나오더라도 공식적인 절차를 통해 상황을 해결하는 방법에 대해 우선 고민해야 해요. 상대방이 먼저 문제를 일으켰고, 나는 저항한 것뿐이니 정당방위라고 생각하는 경우가 있는데 사실은 그렇지 않아요. 쌍방 폭행으로 처리될 수도 있기 때문에 절대 물리력으로 맞서면 안 돼요. 위험한 상황이라면 일단 주변에 도움을 요청하는 것이 최선이에요. 주변에 도움을 청하는 것은 그 상황에서 벗어나기 위한 방법이기도 하지만 다른 사람에게 그 상황을 알리는 효과도 있거든요. 그 자체로 증거가 되는 거죠.

이상우　많은 상담자들을 만났지만 자리를 벗어난다거나 동료에게 도움을 요청한다는 것이 말처럼 쉽지는 않아요. 저도 예전에 비슷한 경험을 한 적이 있는데 그렇게 하질 못했거든요. 은연중에 '이건 내 일이니까 내가 해결해야 한다.' 혹은 '나에게 할 말이 있어 찾아온 거니까 내가 말하면 이해하겠지.'라고 생각하게 되더라고요. 혼자서 해결하겠다는 생각이 위험하다는 것을 알면서도요. 같은 실수를 반복하지 않고 잘 대처하려면 어떻게 해야 할지 생각해 봤어요. 그리고 저는 재난 대피 훈련에서 그 실마리를 찾았어요.

　학교에서 재난 대피 훈련을 하고 있지만 실제로 경고음이 나면 대부분은 누군가의 장난으로 넘기거나 주변 사람들의 눈치를 보면서 나가야 하나 말아야 하나 고민해요. 그렇게 하면 안 된다는 것을 알고 있는데도요.

　이 상황도 마찬가지예요. 모의 연습, 즉 시뮬레이션이 필요한 거죠. 선생님도 사전에 학습이 되어 있어야 실제 상황에서 어떻게 행동할지, 어떻게 나를 보호할지 판단하기가 조금은 쉬워져요. 물론 이런 상황은 교통사고처럼 예상하지 못한 순간에 찾아오기 때문에 완전한 예방은 불가능하겠지만 규모나 피해의 정도는 충분히 줄일 수 있어요.

학부모 민원을 어떻게 처리할 것인가

김택수 민원은 얼마든지 있을 수 있어요. 문제는 민원을 제기하고 처리하는 방식이 적절하지 못할 때 일어나죠. 학부모로부터 받는 민원 중에는 교사가 해결할 수 없는 것들도 꽤 많아요. 예컨대 "같은 반에 있는 아이가 마음에 들지 않으니 다른 반으로 배정해 주세요." "선생님의 교육 방식이 저희 가족의 종교적 신념에 어긋나니 주의해 주세요." "우리 아이가 따돌림을 당했으니 담임 선생님이 책임지고 해결해 주세요." 같은 것들이요. 학부모의 모든 민원을 해결할 수 있으면 좋겠지만 그건 사실상 불가능하죠.

이상우 제가 대학생 때 주변에서 알아 주던 '프로 민원러'였어요. 평소 시내버스를 타고 다녔기 때문에 시내버스의 불편함을 누구보다 잘 체감하고 있었죠. 그래서 불편 사항이 생기면 수원시청과 용인시청에 곧잘 민원을 제기했어요. 그러다 보니 민원인의 심정을 누구보다 잘 알고 있죠.

학부모가 민원을 제기할 때는 수차례 고민을 하다가 제기하는 경우가 있고, 그간 쌓였던 것이 폭발해서 감정적으로 제기하는 경우가 있어요. 둘 중 어느 것이 됐든 적어도 민원을 제기하는 그 순간에는 다른 것은 전혀 보이지 않아요. 오직 이 사안에 대한 나의 불편한 감정에만 집중해요. 시야도 좁아지고 마음의 여유도 없어지는 거예요. 이런 학부모를 대하는 선생님의 마음은 편할까요? 절대 그럴 리 없겠죠. 그러니 교사도 학부모의 민원에 휩쓸리기 쉬워요. 마찬가지로 시야가 좁아지는 거죠. 그럴 때일수록 교사가 자신의 마음부터 다독여야 해요. 이런 상황에 대해 미리 준비가 되어 있으면 더 좋겠죠.

저는 학교 폭력 관련 업무를 맡는 동안 수많은 학부모를 만나면서 웬만한 민원에는 당황하지 않고 대응할 수 있게 됐다고 자부해요. 그 문제를 해결할 수 있을지 없을지보다 교사 스스로 여유를 갖는 것이 더 중요하다는 것을 알고 있기 때문이죠. 우선 교사가 마음을 편안하게 갖는 연습을 해야 해요.

내가 학부모에게 바라는 것은 무엇인지, 그것이 어긋날 때 어떤 느낌이 들고, 그럴 때 어떻게 해야 내가 원하는 것을 얻을 수 있을지 고민해 보세요. 만약 학부모의 민원이 해결할 수 있는 일이라면 문제될 것이 없을 거예요. 하지만 해결할 수 없는 일이라면 딱 잘라서 거절하기보다 함께 해결책을 찾아보려는 노력을 보여 주세요. 그러면 관계는 더 나아질 수 있어요.

김현희 근본적으로는 학교에 민원 관리 시스템을 갖춰야 해요. 모든 공공 기관에는 민원 관리 시스템이 있어요. 민원인이 다짜고짜 담당 공무원을 찾아가서 폭력을 행사하는 일은 드물죠. 하지만 학교에는 그런 시스템이 갖춰지지 않아서 학부모가 느닷없이 학교로 들이닥쳐 교사와 학생들에게 신체적·정신적 피해를 입히는 일이 끊이지 않고 있어요.

학교는 한정된 공간에서 다수의 구성원들이 생활하기 때문에 크고

작은 충돌이 발생할 수밖에 없어요. 중요한 것은 그걸 해결하고 예방하는 역량이에요. 학교 민원 관리 시스템은 현재 공공 기관들이 갖춘 민원 관리 시스템을 모델로 해서 갖출 수 있다고 봐요.

민원이 있을 때 학부모는 교사를 직접 찾아와 따지는 것이 아니라 서면으로 민원을 접수하고, 교사는 일정 기간 안에 학부모의 문의에 대해 책임 있는 답변을 하도록 제도를 갖추는 거죠. 그러면 순간적인 감정에 의해 폭력 사태가 발생하는 상황도 예방할 수 있고 민원인과 답변인의 감정이 가라앉는 시간도 확보할 수 있게 돼요.

참고로 캘리포니아교원협회(California Teachers Association)는 교원의 권리를 교실에서의 권리, 학교 관리자에 대한 권리, 학부모에 대한 권리로 나눠서 설명해요. 그중 학부모에 대한 권리에 '학부모가 교실을 방문할 때 합리적인 기간 전에 미리 그 사실을 통지받을 권리'와 '학부모가 교사에게 민원을 제기한 경우, 그 민원인의 신원을 포함하여 민원의 세부 내용을 고지받을 권리'를 명시하고 있죠. 즉, 이런 절차들을 교사 개인의 예절이나 문화 차원에만 머물게 하지 말고 정확한 규정으로 고지해야 해요.

김택수 상담을 요청한 학부모에게 처음부터 문제 상황을 해결하려는 데에만 초점을 두고 대화를 시작하는 태도는 바람직하지 않아요. 그것보다는 상대방의 감정을 잘 살피고 상대가 이야기하고자 하는 바가 무엇인지 잘 듣는 경청과 공감의 자세가 필요해요.

'경청(傾聽)'은 한자 뜻 그대로 귀를 기울여 듣는 것을 말하는데, 상대방의 입장에서 생각하며 대화를 나눌 수 있도록 말의 내용과 그 내면의 동기를 함께 살피는 거예요. '공감(共感)'은 타인의 감정, 의견, 주장 따위에 대해 자기도 그렇다고 느끼는 감정을 말하는데, 이때의 '공감'은 '동감(同感)'과 의미가 약간 달라요. '동감'은 어떤 의견이나 견해에 같은 생각을 갖는 거라면 '공감'은 상대방과 내가 다르다는 사실을 인지한 상태에서 상대방의 마음을 폭넓게 이해하는 것에 가까워요.

학부모들의 민원과 마주했을 때 '경청'과 '공감'의 자세로 서로의 입장을 헤아릴 수 있는 시간을 가진다면 극단적인 문제 상황을 예방하는 것뿐만 아니라 긍정적인 해결 방안을 찾는 데도 큰 도움이 되지 않을까요?

선생님이 이래도 되나요?

저는 평소에 SNS를 즐겨 하는데 선생님이 된 후 처음으로 SNS를 그만둬야 하나 고민에 빠졌어요. 얼마 전 개인 SNS에 재밌게 읽은 유머 글을 올렸는데 그걸 본 학부모가 다음 날 학교에 민원을 제기했거든요.

"학교 선생님이 그런 자극적인 글을 올리면 어떡해요? 아이들이 보고 배우면 어쩌려고요? 선생님이면 아이들에게 모범을 보여야 하는 것 아닌가요?"

말씀을 듣는 순간에는 죄송하다고 거듭 사과를 드렸지만 막상 전화를 끊고 나니 무척 민망하고, 서글퍼졌어요. 교사는 개인 SNS에서조차 자유롭게 행동할 수 없는 걸까요? 학부모님에게 사생활을 감시당하는 기분이 들어 숨이 막힐 것 같아요.

선생님은 극한 직업

김택수　저를 포함해서 다들 SNS를 하고 계신 걸로 아는데, 이런 경험은 한 번씩은 해 보셨을 것 같아요. 저도 SNS를 이용할 때는 다른 사람들의 시선을 신경 쓰지 않을 수 없더라고요. 괜히 글 하나 올릴 때도 자기 검열을 하게 돼요.

양지열　고등학교 때 선생님이 하셨던 말씀이 생각나요. 선생님으로 살다 보니 은근히 신경 쓰이는 일이 많다고요. 차가 한 대도 없는 좁은 도로에서조차 무단횡단은 엄두도 못 낸다고 하셨어요. 어디서 누군가 보고 있을지 모른다는 생각을 떨칠 수가 없다고요. 그런 면에서 여러모로 선생님이라는 직업이 힘들지 않나 싶네요. 특히 요즘처럼 누구나 쉽게 개인 정보에 접근할 수 있는 세상에서는 더더욱 힘들 것 같고요.

이상우　저는 학부모는 아니고 동료 교사와 관리자에게 SNS에 대한 지적을 받은 적이 있어요. 개인 SNS에 비민주적이고 구시대적인 학교 규정에 대해 비판하는 글을 올렸는데 관리자가 제 SNS를 보고 그 글을 지적하시더라고요. 선생님이 그런 글을 쓰면 다른 동료들은 뭐가 되냐고요. 그 후 SNS에 학교 관련 글을 올리는 것이 부담스러워진 건 사실이에요.

김현희　저는 사생활 보호에 예민한 편이에요. 기본적인 성향이 그렇기도 하고, 교사가 된 후 다수의 사람을 만나다 보니 그 성향이 더 강해진 것 같기도 해요. 교사니까 비밀 장막을 둘러야 한다거나 더 바르게 사는 모습을 보이겠다는 강박이 있는 건 아니고요. 전화번호만 하더라도 한 명에게 알리면 다수에게 알려지기 쉬우니 조심한다는 뜻이에요. 개인 SNS에도 사적인 내용보다는 사회 이슈에 대해 의견을 개진하는 글을 주로 써요.

김택수 이런 사안은 선택과 책임의 기로에 있는 문제예요. SNS를 이용할 때 어떤 일들이 생길 수 있는지 우리가 먼저 충분히 인지하고 예방이 가능한 일인지, 사후에 어떻게 대처하는 것이 좋을지 미리 고민하는 기회를 가지면 좋지 않을까요? 학부모의 민원에 대해 잘잘못을 따지기보다 좀 더 현명하게 SNS를 이용하려는 자세를 갖는 거죠.

양지열 교사라면 일정 부분은 감수할 수밖에 없는 일이기도 해요. 저도 직업을 떠나 SNS에 대한 문의를 자주 듣는 편인데요. 의외로 자신의 SNS 글에 부정적인 의견을 내놓는 사람에게 왜 남의 글에 와서 이러쿵저러쿵하냐고 불평하는 사람들이 많아요. 자신은 그저 일기처럼 혼자 하고 싶은 말을 끄적이거나 친한 사람들과 생각을 나누려는 것뿐이라고요. 하지만 그건 SNS의 본질을 잘못 알고 있어서 생기는 불만이에요.

SNS는 본래 낯선 사람과도 가까워질 수 있도록 설계되었어요. 그런데 왜 남의 SNS에 와서 글을 지적하느냐고 불평하면 요점이 어긋난 거죠. 그래서 저도 SNS를 이용할 때는 지나치게 개인적인 내용은 올리지 않으려고 조심하는 편이에요.

한편으로 교사의 법적 지위와 관련 있는 문제이기도 해요. 교사는 이른바 '공인'이라고 봐야 해요. 공인이라고 하면 유명 연예인을 떠올리기 쉬운데 그렇지 않아요. 공적인 일을 하는 사람, 즉 공무원이 가장 대표적인 공인이에요. 공인은 많은 사람과 일을 하는 사람이기 때문에 법에서도 손해를 감수하라고 해요. 명예훼손이 대표적인 예죠. 공인의 공적인 일에 대해서는 명예훼손에 해당하는 일일지라도 처벌하지 않아요. 물론 사생활과 관련된 것이라면 보호해야 하겠지만 공인이 아닌 사람에 비해 법으로 보호받는 영역이 좁은 거에요. 저 같은 법조인도 마찬가지고요. 세상의 인식이 그렇다면 때로는 먼저 조심할 필요도 있어요.

이상우　저에게 SNS는 마음이 답답할 때 대나무숲처럼 스트레스를 풀고, 힘들 때 위로받을 수 있는 소중한 공간이에요. 그런데 언제부터인지 다른 사람에게 제 글이 부정적으로 여겨지고 제 평판에 나쁜 영향을 미친다고 생각하니 좀 위축되더라고요.

하지만 어느 정도 시간이 지나고 나니 마음이 편해졌어요. SNS를 해서 생기는 불편함보다는 이익이 훨씬 더 많으니 굳이 안 할 이유가 없더라고요. 다만 학부모나 학교 내의 누군가를 비방하는 듯한 글은 되도록 쓰지 말아야겠다고 생각해요. 교직 사회가 워낙 좁다 보니 제 글로 누군가는 분명 상처를 받을 테니까요.

김현희   교사의 사생활이 보편적이고 사회적인 통념으로 봤을 때 문제되지 않는다면, 학부모가 관련 민원을 제기해도 크게 동요할 필요는 없을 것 같아요. 하지만 개인적으로 치르는 비용까지는 어쩌지 못할 거예요.

예전에 어떤 교사가 비키니 입은 사진을 개인 SNS 계정에 올렸다가 학교에 민원이 들어왔다는 이야기를 들었어요. 사실 법이나 제도로 교사에게 책임을 물을 수 없는 문제잖아요. 누구도 그 교사에게 사진을 내리라고 강요할 수 없고요. 하지만 사회 정서적인 차원에서 누군가 문제를 제기하면 논란이 발생할 수 있는 사안이에요. 그걸 감수하고서라도 개인의 자유를 지키고 싶다면 그렇게 하면 돼요. 이 문제만큼은 교사 본인이 스스로 책임질 수 있는 범위를 알고 있는지 여부가 가장 중요해요.

교사를 바라보는 시선

김택수   공무원을 바라보는 외부의 시선을 교사로 치환해 볼 수 있어요. 부모님이 보는 교사는 안정적인 직장을 다니는 사람이죠. 사회가 바라보는 교사는 철 밥통, 친구들이 보는 교사는 방학마다 여행 가는 사람, 민원인이 보는 교사는 놀면서 돈 버는 사람, 임용 고시생이 보는 교사는 스티브 잡스, 즉 성공한 사람이라고 해요.

그런데 교사의 현실은 어떻죠? 잦은 민원과 각종 사건으로 심신은

피폐해지고 매년 쏟아지는 행정 업무와 필수 연수들로 여유가 없죠. 관리자, 동료 교사, 학생, 학부모와의 관계에서 생기는 어려움은 말로 표현하기 힘들 정도예요.

김현희 　교사의 사생활 문제나 교사를 향한 사회의 시선에 대해 이야기할 때마다 교사 집단 내부와 외부의 온도 차가 아찔할 정도로 커요.

　내부에서 본 교사 집단은 억울함과 불안의 연속이죠. 학교는 과거와 많이 달라졌는데 사람들은 그 옛날 이상한 교사들과 학교 문화를 현재에 투영해요. 수업과 학생 지도만으로도 벅찬데 행정 업무도 많아서 쉴 틈이 없고요. 학생들의 문제 행동이야 그렇다 치더라도 이상한 학부모를 만나면 답도 없어요. 문제 학생, 문제 학부모, 문제 관리자 누구를 만나도 일이 터지면 교사 혼자 독박 쓰기 딱 좋은 구조예요. 의지할 데 없는 교사들은 위로와 공감을 갈구하죠.

　반면 외부에서 교사 집단을 바라보는 모습은 이래요. 교사는 하는 일이 별로 없어도 괜찮은 수준의 연봉과 방학이라는 특권에 가까운 휴가를 누려요. 본격적인 공부는 학원에서 따로 한다는 말이 통용될 만큼 교사와 학생의 지적 성취가 분리되어 있고, 제대로 일하는 교사는 얼마 되지도 않는 것 같은데 웬만해서는 잘리지도 않죠. 그야말로 무사안일 철 밥통의 화신이에요. 거기에 본인이 과거 학창 시절 겪었던 폭력과 억압의 기억이 뒤섞여 교사들을 생각하면 괜히 부아가 치밀어요. 그러면서도 자녀가 교사가 되기를 원하는 부모는 많고요. 이런 온도 차를 어디서부터 줄여 가야 할지 막막해요.

양지열　보통 불신은 서로에 대해 잘 모르고 있을 때 생기지 않나요? 교사에게 주어진 일이 학생을 가르치는 일 외에도 많다는 사실을 사회에서는 잘 모르죠. 학부모 역시 마찬가지고요. 아마 선생님들조차 학교에 오고 나서야 알게 된 것들이 많을 거예요. 다른 직업들도 마찬가지고요. 자신이 하는 일 말고는 잘 알지 못하는 것이 어쩌면 당연하죠.

　그런데 교사의 경우는 특수성이 있어요. 사람들은 대부분 학교에 다닌 경험이 있으니 누구나 학교에 대해 한마디씩은 할 수 있죠. 각자의 경험에 비추어 일반화하기도 쉽고요. 다른 직업들보다 오해를 받기 쉬운 상황이에요. 더구나 선생님들은 자신이 다녔을 때와 너무 달라진 학교의 현실과 마주해야 하니 이중으로 고충을 겪는 셈이죠.

　참 어려운 문제네요. 결국 선생님 한 사람 한 사람 또는 학교가 나서서 이제는 달라진 선생님의 위상을 세상에 알려야 할 것 같아요. 몰라서 생기는 오해를 극복하려면 알고 있는 쪽에서 알려 줄 수밖에 없으니까요. 직간접적으로 학생과 학부모에게 선생님의 업무를 이해시킬 수 있는 방법을 찾아야 해요.

이상우　어떤 색안경을 썼느냐에 따라 그 사람이 보는 세상이 다르게 보인다고 하죠. 마찬가지로 그 사람이 놓인 환경에 따라 세상은 다르게 보여요. 자신의 환경이 만족스러우면 다른 사람도 관대하게 볼 수 있고, 자신의 환경이 만족스럽지 못하면 대상을 부정적으로 볼 수밖에 없어요. 그런 측면에서 보면 교사에 대한 사회와 학부모의 시선을 바꾸기는 결코 쉽지 않을 거예요.

어떻게 하면 교사에 대한 시선을 좀 더 긍정적으로 바꿀 수 있을까요? 선생님들이 한 학교에 오랫동안 머물면서 학교와 교사에 대한 이미지를 좋게 만들어 가는 것도 하나의 방법이에요.

예전에 한 학교에서 7년간 근무한 적이 있었어요. 그 학교는 학부모들이 교사의 출근 시간을 체크하고, 교내에서 사고라도 터지면 바로 학교에 찾아와 언성을 높이며 교사와 학교를 욕하기 일쑤였어요. 이런 학교였으니 이 학교에 발령받은 교사들은 대부분 2~3년을 버티다가 나가 버렸고요.

문득 우리 학교가 계속 이런 상태로 머물러서는 안 되겠다는 생각이 들었어요. 저는 저와 같은 뜻을 가진 동료 교사들과 힘을 모아 학교를 바꾸기 위해 다양한 프로그램을 고안했죠. 아침에는 축구와 피구 같은 운동 프로그램을 운영하고, 특색 있는 체험 학습을 늘렸어요. 부모 교육 소모임도 정기적으로 운영했고요. 어느 순간부터 학부모 민원도 점점 줄어들고 해마다 학생들이 안정되어 가는 것이 눈에 보였어요.

결국 교사 자신이 학교에 오랫동안 근무하면서 학생, 학부모, 교사 모두가 행복한 학교를 만들기 위해 적극적으로 참여해야 해요. 자신이 할 수 있는 범위 내에서 교사가 가진 교육적 탁월함과 교육에 대한 긍정적인 시선을 학부모들과 나누다 보면 적어도 교사들이 도매금으로 비난받는 일은 점점 줄어들지 않을까요?

고결한 스승이기를 바라지 않는다

김택수 사회적 지위란 한 개인이 자신이 속한 집단이나 사회에서 차지하고 있는 위치를 말해요. 교육 단계나 학교의 종류에 따라 차이가 있으니 일반화하기는 어렵지만 의무 교육 단계에 한정해서 본다면 교사는 어느 국가에서나 그다지 높은 지위의 계층은 아니었어요. 교원 양성 기관이 정비되고 교사가 되기 위해 일정한 자격이 요구되기 시작하면서 교사에 대한 사회적 평가도 점차 바뀌었고 지식 계층으로 인식되기 시작한 것뿐이에요.

대인 관계에 있어서 더 친밀하고 깊은 관계를 형성하려면 감정을 숨기거나 사회적인 가면을 쓰거나 혹은 방어적인 보호막을 형성하는 것에서 자유로워져야 해요. 사회적 지위 때문에 나를 감추고 포장하는 것이 아니라 교사로서 자부심을 가지고 나를 드러내는 거죠. 앞으로는 타인의 시선에 상처받기보다 우리가 할 수 있는 교육적인 일들에 대해 좀 더 집중해서 에너지를 쏟을 수 있으면 좋겠어요.

이상우 예전의 교사는 고매한 인격을 가진 스승으로 여겨졌고 학력이 높은 지식인 중 하나로 존경받았어요. 그러나 고학력자가 늘어나고 교직에 대한 인식이 변하면서 이제는 공무원이나 노동자로만 인식되는 경향이 있어요.

교직 사회 안에서 교사를 전문직으로 정립하려는 움직임이 있지만 의사나 변호사처럼 장기간의 훈련 기간과 엄격한 자격 관리, 대체 불가능한 업무의 전문성을 요구하지는 않기 때문에 교사의 전문성은 사회적으로 공인받고 있지 못한 실정이에요.

하지만 교사가 국가와 부모로부터 교육의 권한을 위임받은 것은 분명한 사실이에요. 교사 스스로도 교육적 책임을 다하는 교육 전문가를 지향해야 하고요.

물론 그렇다고 해서 교사에게 무한한 책임을 부과하라는 건 아니에요. 법적으로 부여된 교권의 범위 안에서 교사로서 감당할 수 있는 책임만 질 수 있게 해야겠죠. 예전처럼 교사의 헌신에 기대어 교육의 성패를 정하는 시대는 지났다고 봐요.

양지열 저의 학창 시절을 떠올려 보면 선생님들에 대해 이러쿵저러쿵 친구들과 참 쉽게 이야기했어요. '어느 선생님이 잘 가르친다.' '누구는 화만 잘 낸다.' '누가 학생들에게 잘해 준다.' 이런 말들을 가벼운 농담으로 하곤 했어요.

요즘 학생들 역시 예전의 저와 크게 다르지 않아요. 정도의 차이가 있을 뿐 학부모들끼리도 선생님들에 대해 이야기하고요. 그러다 보면 당연히 좋지 않은 말들이 나올 수 있어요. 어쩌면 교사는 연예인과 많이 닮았을지도 몰라요. 학생들 입장에서 교사는 늘 바라보고 있는 존재잖아요. 친구들과 공감할 수 있는 가장 흔한 화제이기도 하고요. 교사가 가질 수밖에 없는 직업적 특성의 하나라고 받아들여야겠죠.

김현희 우리 사회는 교사에 대한 윤리적 기준이 유난히 높은데요. 교사에게 윤리적 책무가 있는 건 맞지만 그건 어디까지나 학생의 학습권을 보장하기 위한 것이에요. 교사도 학교 밖에서는 그냥 자연인일 뿐이에요. 성직자나 수도승이 아니고요.

저는 교사들에게 드리운 '고결한 스승'의 장막이 전혀 고맙지 않아요.

'인간'으로서 교사의 권리

충청북도교육청이 발간한 『교권보호 길라잡이』에서는 교사가 보장받아야 할 권리를 '교육자'로서의 권리, '전문직 종사자'로서의 권리, '인간'으로서의 권리 등 총 세 가지로 나누어 제시하고 있어요.

1. '교육자'로서의 권리
– 교육과정 편성권, 교재 채택 및 선정권, 평가권, 교육 내용·방법 결정권, 학생 지도 및 징계권 등

2. '전문직 종사자'로서의 권리
– 신분·지위 보장, 불체포 특권, 쟁송 제기권, 교원 단체·노동조합 활동권 등

3. '인간'으로서의 권리
– 인간으로서 존엄과 행복 추구권, 재판 청구권, 노동권, 신체의 자유, 양심·의사 표현의 자유, 사생활 보호 등

각 시도 교육청에서 만든 교권 보호 가이드를 참고해서 선생님이 어떤 권리를 갖고 있는지 미리 알아 두면 교직 생활에 많은 도움이 될 거예요.

권력이 그런 장막을 어떻게 악용해 왔는지를 생각해 봐도 그렇고요.

교육에 있어서 가장 중요한 것은 '관계'예요. 교사도 솔직하게 자신을 드러냄으로써 학부모와 진실한 관계 맺기를 시작하길 바라요.

학교
내부자들

가족 같은 분위기는 바란 적이 없는데

"안녕하세요, 신랑 측 하객이신가요?"

"네, 맞아요. 그런데 누구세요?"

친척 중에 저런 사람이 있었나 하고 기억을 더듬는 하객에게 저는 멋쩍게 웃으며 식권을 건넸어요. 민망한 표정을 감추고 괜히 방명록을 정리하고 있는데 누군가 알은체하며 다가왔어요. 고개를 들어 보니 저희 학교 행정실장님이었어요.

"아니, 왜 선생님이 여기서 축의금을 받고 있어요?"

그러게나 말입니다. 어쩌다가 저는 교장 선생님 자녀분의 결혼식에서 축의금을 받고 있는 걸까요?

가까이하기에는 너무 먼 관리자

김택수   이번에는 선생님들이 학교에서 관리자로부터 겪는 고충들을 살펴볼게요. 먼저 부당한 업무 지시에 대해 이야기해 보죠. 사연에 나온 것처럼 남자 선생님들이라면 관리자의 자녀가 결혼할 때 식장 앞 테이블에서 축의금을 받아 본 경험이 있는 분이 있을 거예요. 방명록도 정리하고, 축의금을 낸 사람에게 식권도 나눠 주고요. 보통은 일가친척 중 누군가가 하는 일이니까 가족으로 착각하고 인사하는 경우도 있더라고요.

교육 관계자분들 사이에서는 이런 일들이 하나의 자랑처럼 여겨지기도 해요. "보세요. 저 학교는 교직원들이 자발적으로 결혼식 축의금도 받아 주고, 얼마나 가족 같은 분위기입니까." 하고요. 저희는 진짜 가족도 아닌데 말이죠.

김현희   몇 년 전에 저희 지역의 교직 환경이 너무 봉건적이라는 의견이 많아서 설문 조사를 한 적이 있는데 요즘도 일어나는 일이라고 믿어지지 않는 일들이 많았어요. 어떤 교장의 부인이 봉사 활동을 하는데 그 단체에 자신의 명예를 드높이고 싶어서 학교의 교사들, 심지어 임신한 교사까지 불러서 봉사 활동을 시킨 사례도 있었고요. 퇴임식을 공금으로 진행하는데 일가친척들을 다 불러 모으고는 그들이 입장할 때 교사들에게 박수를 치라고 시킨 일도 있었어요.

양지열　예전에는 직장 생활을 잘하려면 취미 활동조차 상사를 따라 해야 한다는 말들을 많이 했죠. 주말이면 부장님을 따라 등산이나 낚시를 다니고, 퇴근 후에도 마음대로 집에 가지 못하고요. 요즘은 그런 말을 듣기 어려워졌어요. 물론 아직까지 그런 분위기인 곳도 있겠지만 사회 전반적인 분위기는 그렇지 않아요. 그런데 선생님들 이야기를 들어 보면 아직 학교는 많이 달라지지 않은 것 같아요. 여러 가지 원인이 있겠죠. 평생 직장이기도 하고 보수적인 분위기가 남아 있기도 하고요. 그런 분위기라면 부당한 업무 지시를 거부하기가 쉽지 않을 것 같아요.

왜 거부하기 어려울까

김택수　교사들이 관리자의 부당한 업무 지시를 거부하기 쉽지 않은 것은 전반적인 교직 분위기 탓도 있겠지만 관리자를 어렵고 불편한 존재라고 생각하는 인식 때문이기도 해요. 관리자는 학교의 가장 큰 어른이기도 하고 인사권을 비롯한 여러 행정 권한을 가지고 있으니까 더 어렵게 느낄 수 있죠.

이상우　관리자는 교사로서 풍부한 현장 경험을 가지고 있을 뿐만 아니라 교육적 리더십을 발휘해서 학교와 지역에 좋은 영향을 끼치는 존재예요. 하지만 그분들은 평교사 시절에 수평적이고 민주적인 리더십을 겪은 경험이 적죠. 거기서 오는 괴리도 분명 있을 거예요. 예전보다 그런 괴리가 좁혀지고 있지만 아직 완벽하지는 않아요. 그래서인지 관리자 개인의 교육 철학과 경영 방침을 교사에게 강요하는 경우가 종종 있어요.

학교에서는 교장을 통해 거의 모든 결정이 이루어져요. 그러다 보니 교사들 사이에는 어떤 사안에 대해 교사들이 협의해서 결정해도 결국 관리자의 뜻대로 될 것이라는 부정적인 생각이 만연해 있어요. 이런 분위기 속에서 관리자의 지시나 부탁을 거절하는 것은 결코 쉬운 일이 아니에요. 괜히 거절했다가 불이익을 받게 될 수도 있고 다른 교사들에게 불똥이 튈 수도 있으니까요.

김현희　아무래도 관리자는 인사권을 가지고 있으니 권력 차이가 발생할 수밖에 없어요. 교사는 공무원이기 때문에 관리자가 자의적으로 고용상의 불이익을 줄 수는 없지만 업무나 학년 배정 과정에서 관리자의 판단과 의지가 깊숙이 개입할 수 있으니 눈치를 보지 않을 수 없죠. 자문 위원회 같은 민주적인 견제 장치들이 있지만 구성원의 역량에 따라 제도를 활용하는 모습도 천차만별이에요.

내가 참으면 동료가 힘들어진다

이상우　관리자로부터 부당한 지시를 받았을 때 거절하기 힘든 심정은 다들 공감하고 있어요. 그렇다고 해서 계속 참고 버티기만 해서는 아무것도 바뀌지 않을 거예요. 혼자 참고 넘어간다고 해서 일이 해결되지는 않아요. 내가 한 번 그 일을 넘기면, 동료도 비슷한 상황에 처하게 될 수 있거든요. 나뿐만 아니라 동료의 교권도 함께 보호하기 위해서 때로는 참지 않을 필요도 있어요.

예전에 동료 선생님 한 분이 제게 상담을 신청한 적이 있어요. 관리자의 부당한 업무 지시가 잦아서 힘들다는 고민이었죠. 하지만 따로 문제 제기를 할 생각은 없었대요. 그 관리자와 같이 근무할 기간이 1년도 채 남지 않았으니 그냥 참고 넘어가야겠다고 생각한 거죠. 그런데 나중에 보니 그 관리자가 새로 부임한 학교에서도 전 학교에서 했던 부당한 지시와 갑질을 그대로 하고 있던 거예요. 그 이야기를 들으면서 '그때 참고 넘어가지 말고, 적절한 대처를 했으면 어땠을까?' 하는 아쉬움이 남더라고요. 저는 선생님을 응원하면서도 다음에 또 비슷한 일을 겪게 된다면 '고충심사위원회'의 도움을 받아 보라는 조언을 드렸어요.

고충심사위원회는 교사가 각종 직무 조건과 인사 처우, 기타 신상 문제에 대해 도움을 받을 수 있는 제도예요. 각 시도 교육청마다 마련되어 있어요. 통계를 보면 학생과 학부모에 의한 교권 침해의 비율이 높지만 동료 교사나 관리자에 의한 교권 침해도 전혀 없는 것은 아니에요. 관리자가 명확하게 부당한 지시를 했다고 판단되면 고충심사위원회에 문의해 보세요. 고충심사위원회의 심사 결과는 기본적으로 권고 사항이지만, 심사 결과가 관리자의 승진이나 평가에 영향을 미칠 수 있으니 관리자도 결코 무시할 수 없거든요.

만약 관리자가 과도한 교권 침해 행위를 했을 경우에는 감사 청구를 할 수도 있어요. 예전에 뉴스에도 나왔던 인천 화살 교감을 기억하시나요? 그분은 교사를 과녁 앞에 세워 놓고 체험용 활을 쐈어요. 처음엔 가해 사실을 극구 부인하고 피해 교사를 무고 혐의로 고소했는데 동료 교사들의 연대 서명과 진정으로 교육청에서 감사가 진행될 수 있었어요. 그런데 이때 진행했던 감사에도 문제가 있었어요. 감사를 받고 있는데도 다음 해 교장 승진 대상자에 그 교감이 포함되어 있었거든요. 이 사실이 언론을 통해 널리 알려졌고, 사안은 교육부로 이관되었어요. 결국 교사에게 화살을 쏜 것뿐만 아니라 그동안 저질렀던 교감의 잘못이 모두 증명되었고, 교장 승진 예정자였던 교감은 다시 평교사로 강등됐어요. 감사로 인해 모든 것이 드러나게 된 것이죠.

양지열 이상우 선생님이 교권 보호 관점에서 도움이 될 만한 방안을 알려 주셨으니 저는 변호사로서 선생님들이 참조할 만한 법령을 소개해 드릴게요.

선생님은 교육 공무원이에요. 공무원은 상관의 직무상 명령에 복종해야 하는 것이 원칙이죠. 하지만 그 명령이 부당한 것이라면 오히려 따르는 것이 불법이에요. 공무원의 행동 강령에는 규정 위반, 업무 추진비의 사적 유용, 직무 관련자를 통한 편의 시설 예약 지시, 개인 경조사를 직무 관련자에게 알리도록 하는 지시, 근무 성적 평가를 이유로 한 협박성 외유 등을 부당 지시로 나열하고 있어요. 법령을 위반하거나 업무의 본래 취지에 맞지 않는 지시, 사적 이익을 추구하는 지시는 모두 부당하다고 보는 거예요. 부당한 지시를 받았을 때는 거부 사유를 서면으로 소명하고 지시를 거부하라는 법적 가이드를 제시하고 있는데 사실 따르기 쉽지 않죠.

만약 관리자로부터 그런 지시를 받았다면 처음부터 불쾌감을 드러내거나 부당하다며 거부하는 것보다는 일단 알아보겠다고 하고 자리를 벗어나는 편이 더 낫다고 생각해요. 그다음에 관련 법령을 찾아보거나 주변 선생님들에게 의견을 구해 보고 관리자의 지시가 부당한 것인지 판단하는 거죠. 오히려 지시를 따랐다가 불이익을 받을 수도 있으니 잘 따져 본 다음 명확한 사유를 들어 거부하는 거예요.

그런데 이것도 어디까지나 업무와 관련된 지시일 때 효용성 있는 대응법이에요. 만약 관리자가 업무와 상관없는 지극히 사적인 일을 시키면 어떻게 할까요? 결혼식이나 봉사 활동에 차출하는 것처럼요. 이럴 때는 동료 선생님들과 뜻을 모아 잘못된 문화 자체를 바꾸기 위한 방법을 찾아야 할 것 같아요. 많은 사람들의 뜻이 모이면 어떻게든 길은 열리기 마련이더라고요.

김현희 솔직히 저는 이 주제에 대해 이야기하다 보면 답답할 때가 많아요. 교사는 이런 갑질에 상대적으로 부담 없이 대응할 수 있는 주체 중 하나거든요. 교사의 임명권자는 교장이 아니고, 관리자와 충돌한다고 해서 교사의 고용과 신분의 안전성이 위협받는 것도 아니에요. 갑질이나 부당한 업무 지시를 혼자 참고 넘어간다고 해서 그걸로 끝나지 않아요. 행위 당사자는 뭐가 잘못된 건지도 모르고 그 행위를 반복할 거예요. 그러다 보면 동료가 피해를 입거나 학교 문화 전반에 좋지 않은 영향을 끼치고 학생들도 영향을 받을 수밖에 없어요.

교육은 교사의 인격과 더불어 교사가 지닌 시민 의식에도 크게 영향을 받아요. 시민 의식을 가진 교사가 시민 교육도 잘할 수 있어요. 이런 말도 안되는 상황에 봉착했을 때 교사를 도와줄 수 있는 제도가 잘 갖춰져 있는 편이니까 혼자가 아니라는 생각으로 용기를 내서 제도를 잘 활용하면 좋겠어요.

⚖️ **도움을 구할 수 있는 기관 및 제도**

- 고용노동부의 '특별 근로 감독'
- 교육부 내 '갑질 신고 센터'
- 교육청·교육부의 '고충심의위원회'
- 교육부 '교원소청심사위원회'

어쩌다 장학

    오늘은 학부모 공개 수업이 있는 날이었어요. 학부모님들 앞에서 학생들과 함께 준비한 수업을 열심히 하고 있는데 갑자기 뒷문이 열리고 교장 선생님이 들어오셨어요. 사전에 별다른 귀띔을 받지 못한 상황이라 내심 당황스러웠어요. 잠깐 보고 가시지 않을까 했는데 교장 선생님은 수업이 다 끝날 때까지도 자리를 지키셨어요.

    '내가 뭘 잘못했나? 마음에 안 드는 점이 있어서 계속 보고 계신 걸까?'

    겉으로는 태연하게 수업을 했지만 긴장의 끈을 놓을 수 없었어요. 교장 선생님께 앞으로는 장학 전에 미리 이야기해 달라고 요구해도 되는 걸까요?

사전에 말도 없이 수업을 지켜보는 관리자

김택수 상상만 해도 아찔한 상황이네요. 여러분은 수업 시간 내내 교장 선생님이 교실에서 수업을 지켜보고 있으면 어떨 것 같으세요?

이상우 아마 이 선생님보다 더 긴장해서 말도 꼬였을 거예요. 사실 정당한 장학 활동은 교장 선생님의 주요한 의무이고 권한이에요. 문제는 예고 없이 그랬다는 것이죠. 학부모 공개 수업이니 잠깐 들러 5분 정도 앉아 있을 수 있어요. 하지만 40분 내내 교실에서 수업을 지켜보고 있었으니 이 선생님이 얼마나 당황스러웠을까요?

게다가 이런 상황들이 단발적인 장학에 그치지 않고 다른 문제로 이어질 수 있어요. 가령 출장이나 연수, 강연 등의 활동을 할 때도 외부 활동보다는 학교 업무에 충실하라는 압박이 들어오는 거죠.

⚖️ **초·중등교육법 제20조**(교직원의 임무)

----
① 교장은 교무를 통할(統轄)하고, 소속 교직원을 지도·감독하며, 학생을 교육한다.

김현희 저는 평소에 교사들이 교실 문을 조금 더 열 필요가 있다는 말을 자주 해요. 공개 수업이든 아니든 평소에 자신이 수업하는 모습을 다른 사람에게 그대로 보여 줄 수 있어야 한다고 생각하거든요. 하지만 이런 식은 곤란하죠. 최소한 수업에 들어오기 전에 교사와 사전에 협의를 했으면 좋았을 텐데요. 아쉬워요.

교육의 자율성

양지열 이 사례는 교육의 자율성과 연관해서 살펴보면 좋을 것 같아요. 교육의 자율성은 교사가 외부의 간섭을 받지 않고 아이들을 가르칠 수 있다는 것이잖아요. 교실이라는 공간에서는 교사가 교육에 관한 절대적인 권한을 위임받았다고 볼 수 있어요. 그런데 사전에 예고도 없이 교실에 들어가서 수업 시간 내내 지켜보는 것은 분명 문제 제기를 할 수 있는 사안이에요. 이 점에 대해서는 관리자와 지속적으로 대화하면서 규칙을 정립해 나가야 할 것 같아요.

김현희 교사가 교육 활동 전반에 대한 자율성을 보장받아야 하는 이유는 '민주 시민 양성'이라는 교사의 역할을 충실히 수행하기 위해서예요. 그런 맥락에서 교권은 단지 수업권에만 국한된 것이 아니라 교육 과정 편성, 교수·학습 방법, 교육 활동 방어, 교실 질서 유지권 등을 포괄하는 개념이에요.

교육의 자율성은 단순히 학부모나 관리자가 교육의 자율성을 해친다는 차원에만 머물 문제가 아니에요. 경직된 국가 교육과정도 교육의 자율성을 가로막는 주범 중 하나예요. 그래서 국가 교육과정 대강화에 대한 요구가 높아지고 있는 거고요. 교사들이 지나치게 교과서에만 의존하면서 스스로의 자율성을 옭아매고 있는 경향에 대해서도 함께 고민했으면 좋겠어요.

관리자와 슬기롭게 대화하기

김택수   관리자가 의도했든, 의도하지 않았든 교육의 자율성을 침해받는 상황은 교사라면 누구나 겪을 수 있는 일이에요. 하루 이틀 볼 사이가 아니니 처음 한두 번은 그냥 넘어간다 해도 반복해서 문제가 생기게 되면 선생님들도 힘들어질 수밖에 없어요. 불편한 감정이 조금씩 쌓이다가 어느 순간 폭발해 버리면 교사와 관리자 모두에게 나쁜 결과로 돌아올 수 있어요. 그렇게 되기 전에 관리자와 터놓고 이야기하면서 서로의 입장을 이해하면 좋겠죠. 그렇지만 앞에서 말했듯이 관리자는 가까우면서도 어렵게 느껴지는 존재잖아요. 관리자와의 대화를 어떻게 이끌어 가면 좋을까요?

김현희   당사자들의 성향이나 행위의 의도, 분위기에 따라 융통성 있게 해야겠죠. 다만 관리자와 이런 문제를 주제로 대화할 때는 개인의 감정 문제로 접근하는 것보다 교권 침해의 문제나 절차적 정당성의 문제 정도로 다가가는 것이 문제를 해결하는 데 더 도움이 될 것 같아요. 개인의 문제로 치부해서 쉬쉬하는 것보다는 사안을 공론화해서 공동의 문제로 인식하게 하는 거죠. 공동의 해결 방법을 찾아서 앞으로는 똑같은 상황이 벌어지지 않도록 예방하려는 노력이 중요하다고 봐요. 공론화 과정에서 망신 주기처럼 느끼지 않도록 문의, 대화, 논의의 과정을 거쳐야 하고요.

양지열   교육의 자율성은 헌법에도 명시하고 있는 권리예요. 이 점을 활용해서 관리자는 누구보다도 교육의 자율성을 이해하고 보호해야 하는 존재라는 것을 주지시키는 쪽으로 접근하는 건 어떨까요? 교사의 직업 윤리에 어긋나는 일이고 교권을 침해하는 행위가 될 수 있다는 점을 강조하는 것도 좋고요.

이상우   한편 교사도 교육의 자율성을 이유로 관리자에게 감정적으로 대응하거나 강력한 처벌을 요구하는 것은 조심해야 해요. 문제를 제기하고 해결하는 과정에서 내가 궁극적으로 바라는 것이 무엇인지 신중하게 고민하면 좋겠어요.

  사연에 나온 선생님과 비슷한 경험을 했던 동료 선생님이 있어요. 교장 선생님께서 예고 없이 교실에 들어와 수업을 오랫동안 참관한 거죠. 그때 선생님은 당혹스럽기도 하고 화도 났지만 교장 선생님에게 가서 따지거나 교육청에 소청할 생각은 전혀 없었대요. 그저 앞으로는 미리 이야기하지 않고, 수업에 불쑥 들어오는 일이 없기를 바랄 뿐이었죠. 그래서 수업이 끝난 후 교무실에 가서 I-메시지로 방금 전 선생님이 느꼈던 감정과 교장 선생님에게 바라는 점을 솔직하게 이야기했대요. 나는 평소 교장 선생님을 관리자로서 신뢰하고 당신과 대화를 통해 문제를 해결할 의지가 있다는 점을 분명히 보여 준 거죠. 그러니까 교장 선생님도 자신의 실수에 대해 사과하고 다음부터는 주의하겠다고 하면서 상황이 잘 마무리됐어요. 저는 이분의 경험담을 통해서 정도를 벗어난 사안이 아니라면, 때로는 내가 먼저 신뢰로 다가서는 노력도 필요하다는 것을 알게 됐어요.

관리자는 주변에서 보기에 그저 편한 자리로 보일지 몰라도 단위 학교 교육을 최종적으로 책임지는 막중한 직책이에요. 한편으로는 외로운 자리이기도 하고요. 교장이나 교감 선생님을 직접 찾아가서 대화를 한다는 것 자체가 부담스러울 수는 있어요. 하지만 달리 생각해 보면 평소에 전혀 교류 없이 공적인 사이로만 지내다가 갑자기 문제가 생겨서 관리자에게 말을 걸어야 하는 상황이 훨씬 더 어렵고 불편하지 않을까요?

양지열 내가 가진 권리에 대해서만 강조해서 말하다 보면 상대방의 거부감을 사기 쉬워요. 교장 선생님이 불쑥 수업에 들어왔을 때도 그렇고요. 기분이 나쁘다고 해서 당장 교장실 문을 열고 들어가 정색하고 따지는 것보다는 단계적으로 문제를 풀어 나가면 좋겠어요. 앞서 나온 여러 상황에서 '교권보호위원회를 열어라.' '증거를 남겨 둬라.'라는 조언을 드렸지만 어디까지나 최후의 수단이지 반드시 해야 하는 것이 아니라는 점을 꼭 기억해 두세요.

배려해 주셔서 고맙습니다

저는 출산 휴가를 마치고 복직한 이후로 매일 육아 시간을 사용해서 한 시간씩 일찍 퇴근하고 있어요. 여느 날처럼 퇴근 준비를 하고 있는데 교감 선생님이 갑자기 저를 자리로 부르셨어요. 수업이나 업무와 관련된 용건이겠거니 하고 교감 선생님에게 갔는데, 교감 선생님의 표정이 너무 안 좋았어요.

"남들보다 한 시간씩 일찍 퇴근하면서 인사도 안 하고 가요?"

교감 선생님의 말을 듣는 순간 제가 예의 없는 사람으로 비난당한 것 같아 기분이 좋지 않더라고요. 저는 그저 주변에 있는 선생님들에게만 조용히 인사하고 갔던 것뿐이거든요.

"학교에서 선생님을 이렇게 배려해 주는데 고마워하는 마음 정도는 보여야죠."

육아 시간은 저에게 주어진 정당한 권리인데도 교감 선생님은 감정적으로 힐난하셨어요. 마치 제가 특혜를 보고 있는 것처럼요. 그제야 저는 처음 육아 시간을 신청했을 때 못마땅한 티를 내던 교감 선생님의 얼굴이 떠올랐어요.

휴가는 허가가 아닌 신고의 영역

김현희　평소에 선생님들이 자주 쓰는 말 중에 '배려받았다'는 표현이 있어요. "이런 것까지 배려해 주셔서 고맙습니다."라는 인사말로 많이 쓰는데 사연에 나온 선생님처럼 육아 휴직이나 특별 휴가를 사용할 때 주로 사용해요. 그런데 저는 이 표현을 그다지 좋아하지 않아요. 안에 담긴 의도는 나쁘지 않지만 그 단어로 인해서 교사의 정당한 권리를 사적인 배려로 격하시키는 느낌이 들거든요.

　　예전에 동료 선생님 한 분이 일주일간 특별 휴가를 사용했는데 다시 출근하고 며칠 만에 그간 하지 못했던 수업 시수를 보결로 전부 메우더라고요. 그분은 자신이 학교의 배려를 받았으니 이 정도는 당연히 해야 한다는 생각이었어요. 선생님은 배려를 받은 것이 아니라 자신의 권리를 정당하게 사용한 것뿐인데 말이죠.

김택수　저도 비슷한 느낌을 받았던 적이 있어요. 제가 2년 동안 육아 휴직을 했거든요. 처음 육아 휴직을 한다고 했을 때 동료 선생님들이 걱정을 많이 했어요. 승진이나 경제적인 문제에 대한 우려였죠. 사실 저는 그것보다 '2년이라는 긴 시간 동안 육아 휴직을 내는 것이 다른 동료들에게 어떻게 받아들여질까?' '내가 없는 동안 내 업무는 누가 맡게 될까?' 하는 걱정이 컸어요. 육아 휴직은 정당한 권리인 것을 알면서도 마음이 되게 불편하더라고요. 심적으로 정말 부담이 컸어요.

이상우　관리자가 평교사로 일할 때는 학기 중에 결혼하는 것이 정서상 허용되지 않는 분위기였을 거예요. 담임이라면 더욱 어려웠겠죠. 선생님이 없는 동안 그 반을 돌볼 사람이 없다는 이유로요. 지금은 시대가 변했고 사회 분위기도 많이 달라졌어요. 교원의 휴직이나 휴가는 엄연히 법적으로 인정받는 정당한 권리예요. 관리자들은 물론 선생님들도 오래전부터 쌓인 경험적 사고에서 조금씩 벗어나야 해요. 교원 복무에 대한 규정과 원칙이 있는데도 경험에 따른 해석의 차이에서 갈등이 일어나기도 하니까요.

김현희　맞아요. 그래서 연가나 공가를 사용할 때도 같은 학교에 재직 중인데 마치 다른 학교를 다니고 있는 것 같은 상황이 벌어져요. 관리자가 어떤 교사에게는 묻지도 따지지도 않고 연가를 승인하면서 다른 교사에게는 사유를 집요하게 물어보며 연가를 사용하지 않도록 은근히 종용하는 경우죠.

양지열　그런 관리자들은 연가와 공가를 허가의 영역이라고 오해하고 있거나 알면서도 지위를 남용하는 경우일 거예요. 휴가는 허가가 아니라 신고의 영역이거든요. 특별한 결격 사유가 없다면 당사자가 휴가를 쓰겠다고 통지만 해도 관리자는 정해진 기한 안에 휴가 통지를 받아들여야 해요. 사유를 집요하게 묻거나 사감으로 휴가를 허가해 주지 않는 것은 분명 잘못된 태도예요.

이상우 물론 교사는 일반 공무원보다 조금 더 제약이 있어요. 「교원 휴가에 관한 예규」를 보면 나이스에 따로 기재하지 않더라도 관리자에게 연가 사유를 알려야 할 의무가 명시되어 있거든요. 조퇴나 외출은 가사, 질병, 외래 업무 등 사유를 대략적으로 기재해야 하고요. 하지만 사유를 기재해야 한다는 것과 사유에 따라 허가를 할지 말지 임의로 판단하는 것은 엄연히 다른 이야기예요.

「국가공무원 복무규정」속 교원 휴가

교원의 휴가는 대통령령인 「국가공무원 복무규정」을 따르고 있어요. 휴가 규정에 대해 꼼꼼히 알아 두면 필요한 상황에 슬기롭게 사용할 수 있을 거예요.

1. 연가
① 연가는 오전 또는 오후의 반일 단위로 승인할 수 있고, 반일 연가 2회는 연가 1일로 계산한다.
② 재직 기간별로 부여되는 연가 일수가 다르며 그해 받은 연가를 다 썼을 때는 재직 기간에 따라 최대 10일까지 다음 해의 연가를 미리 사용할 수 있다.
③ 병가 중 연간 6일을 초과하는 병가 일수는 연가 일수에서 뺀다. 다만 의사의 진단서가 첨부된 병가 일수는 연가 일수에서 빼지 않는다.

2. 병가
① 질병 또는 부상으로 인하여 직무를 수행할 수 없을 때 또는 감염병으

로 인해 다른 사람의 건강에 영향을 미칠 우려가 있을 때 교원은 연 60일 범위에서 병가를 사용할 수 있다.

② 병가 소진 후에도 직무를 수행하기 힘들면 질병 휴직 제도를 활용할 수 있다.

③ 연간 6일을 초과할 경우 의사의 진단서를 첨부해야 한다.

④ 질병이나 부상으로 인한 지각·조퇴 및 외출은 누계 8시간을 병가 1일로 계산한다.

3. 공가

① 일반 국민의 자격으로 국가 기관의 업무 수행에 협조하거나 법령상 의무의 이행이 필요할 때 부여받는 휴가로, 정당한 사유가 있어야 사용할 수 있다.

② 공가 사유에는 병역 동원 및 소집, 공무상 국가 기관의 소환, 원격지로의 부임, 국가 행사 참가, 투표, 시험, 건강 검진, 헌혈, 국외 출장 시 예방 접종 등이 있다. 그 밖에 천재지변, 교통 차단 등의 사유로 출근이 불가능하거나 단체 교섭 등 노동조합의 사무가 있는 경우도 공가 사유에 해당한다.

4. 특별 휴가

① 경조사 휴가, 출산 휴가, 여성 보건 휴가, 모성 보호 시간, 육아 시간, 수업 휴가, 재해 구호 휴가, 유산 휴가/사산 휴가, 난임 치료 휴가, 포상 휴가, 가족 돌봄 휴가, 임신 검진 휴가 등이 있다.

②「교원 휴가에 대한 예규」제8조 제1항에 따라 교육 활동 침해의 피해를 입은 교원은 5일의 특별 휴가를 받을 수 있다.

관리자의 허가가 필요한 교사의 복무

김택수   휴가와 달리 관리자의 허가가 필요한 복무도 있어요. 외부 강의도 관리자의 허가가 필요한 경우에 해당하죠. 외부 강의를 선뜻 허가하는 관리자도 있고, 학교 업무에 소홀해진다는 이유로 허가하지 않는 관리자도 있을 텐데 다들 어떠신가요?

이상우   제가 겪었던 관리자들은 비교적 잘 보내 주는 편이었지만 부정적인 말을 듣지 않은 건 아니었어요. 동료 선생님에게서 관리자가 외부 강의를 나가는 것을 달갑게 여기지 않는 듯하니 자제하는 것이 어떻겠냐는 이야기를 들은 적도 있고요. 그 말을 들었을 때 솔직히 당황스러웠어요. 저는 그저 교육적으로 성장하고 배움을 나누고 싶은 것뿐인데 왜 이런 활동을 나쁘게 보는 것인지 이해하기 힘들었죠.

저는 그때마다 관리자와 부딪치지 않고 그저 시간을 뒀어요. 그러면서도 학교 폭력 업무, 생활 지도, 교권 상담 등 학교 안의 여러 업무를 성실하게 도왔죠. 교내에서도 저의 교육적 열의를 보여 드렸어요. 덕분에 지금까지 외부 강의 허가서를 반려당한 적은 한 번도 없어요.

관리자에게만 일방적으로 이해를 바랄 것이 아니라 외부 강의를 나가는 선생님들도 평소 학교 일에 적극적으로 나서면서 자신의 교육적 열의와 책임감을 보여 주려는 노력이 필요해요. 학교 밖에서 열심히 하면 학교 안에서는 더 열심히 한다는 것을 보여 주는 거죠.

김현희 외부 강의나 대학원 공부 같은 활동을 긍정적으로 인식하고 격려하는 관리자가 있는 반면, 학교 업무에 방해가 된다는 이유로 눈치를 주는 관리자도 있어요. 개인적으로 후자는 법과 규정대로 대응하면 된다고 생각해요. 정당한 사유가 있지 않은 이상 관리자에게 교사의 외부 활동과 연구 활동을 막을 권한은 없어요. 저는 오히려 교사의 외부 활동을 긍정적으로 보는 관리자의 시선에 주목하고 싶어요. 이 경우도 다시 두 갈래로 나뉘거든요.

첫째는 외부 활동을 하는 교사를 능력 있는 '개인'으로 인식하는 시선이고, 둘째는 교사의 외부 활동이 공동체 전반에 환류되어 교육 전반에 좋은 영향을 주리라 믿고 격려하는 시선이에요. 저는 궁극적으로 두 번째 차원의 격려와 지원이 더 바람직하다고 생각해요. 교사 개인의 활동이 공동체와 상호 작용할 수 있는 구조적인 방안도 함께 모색할 수 있으면 좋겠어요.

김택수 출장이나 초과 근무 역시 관리자의 허가를 받아야 하는 부분이잖아요. 이 부분에 대해서도 이야기해 보면 좋을 것 같아요.

김현희 학교별 차이일 수도 있지만 몇 년 전만 해도 교수 학습 용품을 사러 갈 때 출장으로 처리하고 소액의 출장비를 지급받았거든요. 그런데 얼마 전부터는 출장 대신 조퇴로 처리하고 있어요. 출장비를 지급하지 않아도 되도록 말이죠.

이상우　정당한 교육 활동을 준비하기 위한 경우라면 출장이 맞아요. 출장에 대한 기본적인 여비 규정도 마련되어 있어요. 출장비는 엄연히 학교 예산에 확보되어 있는 항목이니까 정당한 사유라면 당당히 요구하셔도 돼요. 출장인데도 조퇴로 처리하거나 무급으로 처리하는 것은 분명 잘못된 거예요. 출장을 가는 선생님들이 오히려 말을 꺼내기 미안하게 만드는 거니까요. 괜히 오천 원, 만 원에 생색내는 사람 같잖아요. 이런 분위기를 만드는 것 자체가 바람직하지 않죠.

김택수　초과 근무 같은 경우에도 관리자의 주관적인 판단에 따라 허가받지 못하거나 초과 근무를 하고도 초과 근무로 인정받지 못하는 경우가 있어요. 분명히 정해진 규정이 있을 텐데 말이죠.

양지열　2019년 사회적으로 뜨거운 관심을 받았던 것 중 하나는 주 52시간 정책과 관련된 이슈들이에요. 회사는 정부 지침을 따르지 않을 수 없으니 공식적으로는 주 52시간 미만으로 근무하도록 사내 규정을 정해요. 근무 시간 외에는 회사에 있는 컴퓨터 전원을 꺼 버리기도 하고요.

　그럼에도 업무 강도가 줄지 않아서 도저히 주 52시간 이내에 업무를 처리할 수 없으면 어떻게 할까요? 그때는 초과 근무 수당을 받지 못해도 계속 일해야 하는 상황이 발생하는 거예요. 집에 가서 밀린 일을 처리하거나 회사에 백업용 컴퓨터를 따로 만들어 두고 일하는 거죠. 그런 일들이 학교에서도 똑같이 일어나는 거예요. 감사를 받지 않으려면 초과 근무를 못하게 해야 하는데 이렇게 되면 초과 근무를 해도 정당한 근로 시간으로 인정받지 못하게 될 확률이 높아지죠. 이런 상황에 대해 문제 제기를 할 때는 정상 근무 시간 안에 처리할 수 없는 업무 강도였다는 점을 객관적으로 입증할 수 있어야 해요. 초과 근무가 정

초과 근무를 정당한 근로 시간으로 인정받으려면?

근로 시간이란 근로자가 사용자의 지휘, 감독을 받는 시간을 뜻해요. 교사 역시 근로자이기 때문에 교사의 초과 근무가 정당한 근로 시간인지 판단하기 위해서는 여러 가지 기준을 살펴봐야 해요. 관리자의 지시에 따라 하고 있는 업무인지, 업무에 관리자가 직간접적으로 참여하는지, 시간이나 장소의 제약을 받는지 등 구체적인 정황을 살피는 거죠.

만약 사립 학교 교사가 방학 동안 자택에서 연수를 들었다면 초과 근무에 해당할까요? 이 경우는 사용자와 관계없이 자신의 시간을 자유롭게 쓴 것이기 때문에 근로 시간으로 보기는 어려워요. 반면에 교사가 주말에 학생을 인솔해서 현장 학습을 가는 경우는 정해진 시간과 장소, 업무가 명확하기 때문에 사업장 밖에서의 근로 시간으로 인정받을 수 있는 것이고요.

결국 초과 근무를 정당한 근로 시간으로 인정받기 위해서는 관리자의 지휘나 감독을 받고 있는지 여부가 중요해요. 관리자는 선생님이 그날 무슨 일을 했는지도 모르는데 초과 근무를 했으니 근로 시간으로 인정해 달라고 하면 당혹스러울 수 있어요. 그래서 평소에 관리자와 대화를 많이 하면서 자신의 업무에 대해 공유하는 것이 필요한 거죠. 그러면서 자연스럽게 관리자의 지시를 받는 구조를 만들면 정당한 업무로 인정받기 쉬워지지 않을까요?

당했다는 것을 논리적으로 설명할 수 없다면 오히려 문제를 제기한 선생님이 더 불리해질 수 있으니까요.

이상우　괜히 관리자와 충돌하기 싫어서 초과 근무 결재를 올리지 않고 일하는 선생님들도 간혹 있어요. 그러다 보면 교무실의 전체적인 분위기가 초과 근무를 해도 정당하게 인정받을 수 없는 것으로 고착되고 말죠. 나중에 문제를 인식한다 해도 이미 굳어 버린 분위기를 바꾸는 것은 쉽지 않은 일이에요. 그렇게 되기 전에 바람직한 분위기가 될 수 있도록 관리자와 선생님 모두 노력해야겠죠.

양지열　저는 학교가 국가 정책을 선제적으로 적용함으로써 사회 전반에 선한 영향을 퍼뜨릴 수 있는 사례 집단이 될 수 있다고 생각해요. 학교가 그런 역할을 하기 위해서는 학교의 책임자인 관리자가 제도를 잘 활용할 수 있는 환경을 조성하고자 노력해야 해요. 넓은 의미에서 본다면 이것 역시 교육과정의 하나로 볼 수 있어요. 국민을 향한 교육이요. 관리자와 교사 모두 공무원으로서의 책임과 제도의 취지를 이해하고, 더 좋은 방향으로 변하고자 하는 공감이 수반된다면 앞으로 상황은 더 좋아질 것이라 기대해요.

네반내반

오늘은 반 학생들과 교실에서 과자 파티를 하는 날이에요. 가끔씩 맛있는 과자를 먹으면서 대화를 나누는 시간을 가지니 반 학생들과의 사이도 돈독해져서 좋더라고요. 기대감에 잔뜩 부푼 학생들의 얼굴을 보고 있으니 저 또한 흐뭇해졌어요. 다 함께 책상을 뒤로 밀고 과자를 접시에 담으며 분주하게 파티를 준비하고 있는데 갑자기 옆 반 담임 선생님이 앞문을 열고 저를 불러냈어요.

"왜 자꾸 이 반만 과자 파티를 해요? 선생님 때문에 저희 반 아이들이 집중을 못 하잖아요. 학부모님들 사이에서도 비교되고요. 튀려고 하지 말아요."

저는 그저 저희 반 학생들과 특별한 시간을 가지고 싶었을 뿐인데, 정말 제가 잘못한 걸까요?

수업 재량권의 문제

김택수 옆 반 선생님이 화가 많이 나셨어요. 과자 파티를 하는 것이 못마땅하셨던 걸까요? 사연 속의 선생님이 굉장히 당황하셨을 것 같아요. 사소한 일처럼 보이지만 막상 이런 일을 겪으면 머릿속이 새하얘지죠. 이런 갈등은 감정 문제를 떠나서 교사의 수업 재량권을 침해하는 문제일 수 있다고 생각해요.

제가 기간제 교사를 할 때도 수업 시간에 특별한 활동을 하려고 하면 "왜 그 반은 자꾸 야외 수업을 하는 거야?" "왜 체육을 한 번 더 하셨어요? 교육과정에 없는데?"라고 하면서 제재하려는 분들이 있었어요.

김현희 특히 초등 교직 사회는 서로 비교하고 견제하는 문화가 있어요. 수업이나 생활 지도는 물론이고 교실 게시판 꾸미기조차 유무형의 경쟁이 발생하곤 해요. 온라인 개학 후 원격 수업을 준비하는 과정에서도 교사들 사이에 '통일'을 외치는 소리가 컸어요. 각종 초등 교사 커뮤니티에 이런 요지의 글이 인기리에 공유되기도 했고요. 플랫폼과 콘텐츠를 통일하라. 절대 튀지 말고, 너무 잘하려 하지 말라. 경험상 어떤 맥락으로 주장하는 것인지는 이해할 수 있어요. 하지만 이해와 별개로 좋은 문화라고 생각하지는 않아요. 그런 문화는 의욕적인 교사의 사기와 열정을 꺾는 한편 나태하고 무책임한 교사에게 면죄부를 주는 방식으로 작용할 때도 많거든요.

이상우　동학년끼리 보조를 맞추려고 하는 문화가 있기도 하지만 반대로 선생님들의 성향에 따라 학급 운영이나 수업 방식이 달라서 갈등을 겪기도 해요. 그래서인지 학년 말이면 다음 해 맡을 학년을 선택할 때 연령대가 비슷하거나 평소에 친한 선생님들이 서로 같은 학년을 지원하기도 하죠. 다행히 전보다 이런 문화가 줄어들고 있지만 여전히 남아 있는 곳도 있어요.

　몇 년 전에 저희 반이 다른 반에 비해서 체육 수업을 많이 했어요. 교과서에 나오지 않는 축구도 자주 하고요. 그러니 다른 반 학생들이 담임 선생님에게 "우리 반은 왜 체육 수업을 많이 하지 않아요?" 하고 항의를 해서 제 입장이 난처했던 적이 있어요.

　그 이후부터는 창의적 재량 활동에 축구를 넣거나 학급 동아리 활동 주제를 '뉴 스포츠'로 정해서 놀이와 운동을 하는 시간을 가졌어요. 그러니까 다른 반 선생님들도 이해해 주시더라고요. 그 이후부터 아이들과 하고 싶은 프로그램이 있다면 되도록 교육과정 안에 담아내려 노력해요. 그러다가 누가 문제를 제기해도 자신이 이 활동의 필요성을 합리적으로 설명할 수만 있다면 불필요한 논쟁은 줄어들 수 있어요.

동료 교사 간 업무 갈등 1. 부장 교사와 평교사

김택수　수업 재량권을 침해하는 것 외에도 동료 교사 간에 일어나는 업무 갈등이 많이 있죠. 지금 가장 먼저 떠오르는 건 보직 교사와 비보직 교사, 그러니까 부장 교사와 평교사의 갈등이에요.

보통 교사 간에는 지위 고하가 없어요. 부장 교사가 말 그대로 지위가 높아서 부장 교사가 아니잖아요. 그런데 외부에서는 부장 교사라고 하면 승진했다고 생각하는 분들이 의외로 많더라고요. 간혹 부장 교사 중에도 "김택수 선생님, 이렇게 일하면 되겠어요?" "부장인 내 의견을 따라 주세요." 하는 분들이 계세요. 그분 스스로도 직책에 따른 잘못된 권위 의식이 발현된 것이라고 봐요. 이런 관계를 수평적인 관계라 보긴 어렵죠.

김현희 솔직히 학교에서 부장이란 거의 1년 단위 반장이나 마찬가지예요. 1년 후에 없어지는 보직이요. 예전에 부장직을 맡았던 선생님과 충돌한 적이 있는데 제가 부장이란 직함에 큰 의미 부여를 하지 않아서인지 직책보다는 나이 때문에 억눌린다는 느낌을 더 받았어요.

한번은 제가 교직에 들어온 지 얼마 안 됐을 때 어떤 부장 선생님이

부장은 직급이 아닌 '보직'

「초·중등교육법」은 교원을 교장, 교감, 수석 교사, 교사로 구분합니다. 즉, 부장 교사는 법적인 직급이 아니에요. 학교 업무를 효율적으로 수행하기 위해 학교장이 부여한 '보직'이죠. 학교장은 교사에 대한 임용권이 없어요. 학교장의 부장 교사 배정은 '임용'이 아니라 '임명'입니다.

지나가다가 학생들이 다 보고 있는 복도에서 "김현희, 여기에 뭐 떨어졌어. 이거 좀 다시 달아." 하시는 거예요. 되게 불쾌하더라고요. 그 모습을 보고 있던 학생들이 또 이렇게 말해요. "선생님, 저 선생님이 나이가 많아서 선생님한테 반말하는 거죠?" 학생들이 그걸 보면서 '아, 나이 많은 사람은 저렇게 해도 되는구나.' 하고 안 좋은 문화를 배우게 되잖아요. 그것도 걱정이 되더라고요.

이상우　한번은 서로 다른 학급 사이에 학교 폭력 사건이 발생했는데 누가 학생 조사를 책임지고 할 것인지 의견이 분분했어요. 당시 인성 부장이었던 선생님이 피해 학생의 담임 선생님에게 가해 학생에 대한 초기 조사를 맡겼는데, 이에 대해 가해 학생의 학부모가 조사의 공정성을 문제 삼고 민원을 제기했어요. '피해 학생의 담임이 조사를 강압적으로 진행했고, 별것 아닌 일로 아이를 벌하려고 한다.'라는 주장이었죠. 피해 학생의 담임 선생님도 입장이 난처해져서 주변에 물어봤어요. 그러니까 동료 선생님도 초기 조사는 각 반 담임이 하는 것인데 왜 선생님에게 모두 맡겼는지 모르겠다고 하셨대요. 이 선생님은 학부모의 주장이 타당하다고 생각해서 인성 부장에게 난처한 입장을 설명했어요. 그랬더니 '학교마다 조사 방식은 다른 것인데 그걸 모르고 공정하지 못하다고 주장하는 학부모가 이상하다. 아무도 학교 폭력 사건을 맡으려 하지 않아 나도 너무 힘들다.'라는 반응만 돌아왔대요. 선생님은 그저 위로나 사과 한마디를 듣고 싶었던 것뿐인데 말이죠.

김현희　학교에서 부장이란 보직은 확실히 애매한 지점이 있어요. 관리자처럼 명확한 권한이 있는 것도 아니고, 승진이 목적이 아니라면 봉사직처럼 맡는 경우도 있거든요. 똑같이 학생을 지도하는 옆 반 선생님일 뿐인데 부장이란 직함에 엄청난 권위를 부여할 필요는 없다고 봐요. 수직적인 직급의 개념이라기보다 특정 학년이나 업무에 대해 책임이 많은 역할 정도로 이해하면 되겠죠.

하지만 부장 교사가 학교라는 조직의 중간 리더인 것은 사실이에요. 부장의 능력과 인품에 따라 학년이나 부서의 환경이 매우 달라질 수 있어요. 부장 교사가 수평적인 리더십을 발휘하고, 평교사도 부장 교사를 중심으로 협조하고 소통하는 그림을 만들면 전반적인 학교 문화에 도움이 될 거라고 생각해요.

김택수　대부분의 부장 교사들은 부서에 소속된 다른 교사들보다 더 많은 일을 하려고 해요. 부장의 권위를 남용하거나 연장자인 것을 앞세워 다른 동료 교사에게 함부로 하는 부장 교사는 많지 않아요.

하지만 부장 교사와 평교사 간에 갈등이 아예 없을 수는 없어요. 그럴 땐 서로 허심탄회하게 이야기를 나눠야 해요. 학교생활을 해 보시면 알겠지만 상대방의 일과 나의 일을 완전히 분리해서 구분 짓기는 쉽지 않으니까요.

이상우　동학년끼리 협의해서 특정 프로그램이나 프로젝트 수업을 기획할 때 부장 교사와 평교사 간에 갈등이 생기기도 해요. 가령 어떤 선생님은 동학년 차원의 활동보다 자기 반에 집중하길 바라는데 부장 교사는 동학년 교사들이 서로 힘을 합쳐 학년 공통으로 운영하는 교육을 하길 바라는 거죠. 반대의 경우도 마찬가지예요.

솔직히 학년 부장을 맡기 전에는 부장이 그렇게 많은 일을 해야 하는지 몰랐어요. 부장을 맡은 다음부터는 개인 업무에 무리가 가지 않는 선에서 부장 교사의 제안을 되도록 받아들이는 편이에요.

동료 교사 간 업무 갈등 2. 생활 지도 방식의 차이

이상우 　교육관의 차이에 따라 생활 지도를 하면서 동료 선생님과 갈등이 생길 수도 있어요.

예전에 한 선생님이 급식실에 갔는데 학생들이 소란스럽게 소리치면서 음식으로 장난을 치고 있는 거예요. 다른 반 친구들도 밥을 먹어야 하니까 다 먹은 사람은 반으로 돌아가라고 했더니 학생들이 자기 반 담임 선생님한테 일렀어요. 몇 반 선생님이 혼을 냈는데 화를 너무 내서 무서웠다고요. 이렇게 되면 졸지에 '교사 대 교사'가 아니라 '학부모 대 교사'의 구도처럼 되고 말아요. 그 반 담임 선생님이 학부모처럼 항의하는 거죠. 그럼 선생님 입장에서는 굉장히 당혹스러워요. 내가 아무 이유도 없이 학생들을 혼냈겠냐고 따질 수도 없고, 잘못했다고 사과를 할 수도 없으니까요. 되게 미묘한 감정이 들어요.

김현희　교과 전담 수업 중에 문제 행동을 한 학생을 어떻게 지도할 것인지도 쟁점이 될 수 있어요.

예를 들어 담임인 제가 수업을 할 때 아무런 문제 행동을 하지 않는 학생이 특정 교과 전담 시간에만 자꾸 문제 행동을 한다고 연락이 오는 거예요. 다른 교과 전담 수업에는 한 번도 그런 연락이 없었는데 딱 그 수업 시간에만 와요. 한두 번도 아니고 그런 일이 반복적으로 생기면 저도 의문이 들죠. '저 아이는 왜 꼭 그 수업 시간에만 그럴까? 혹시 저 교과 전담 선생님과 특히 안 맞는 건가? 무슨 일이 있을 때마다 계속 담임한테 전화하면 해당 교과 전담 교사의 책임은 어떻게 되는 거지?'라는 의문이요. 교과 전담 교사가 수업을 할 때 담임 교사는 교무실에서 다음 수업을 준비하거나 행정 업무를 처리하고 휴식도 취해요. 그래야 그날 남은 업무를 수행하는 데 지장이 없으니까요. 매번 이렇게 담임에게 연락하면 이것 역시 교권 침해에 해당할 수 있겠다는 생각도 해요.

이상우　요즘에는 교과 전담 시간에 학생의 수업 태도가 좋지 않으면 바로 담임에게 보내는 경우가 많아요. 그러면 담임 교사는 교무실에서 다른 수업을 준비하고 있거나 휴식을 취하고 있다가도 그 아이를 데리고 있어야 하는 거죠.

제 생각에는 학생을 담임에게 보내고, 안 보내고 하는 문제를 떠나서 학생을 이해하려고 노력하는 것이 먼저거든요. 학생이 왜 그런 행동을 하는지, 언제 그런 행동을 하고 언제 하지 않는지. 전담 수업 시간에 문제를 일으킨다면 모든 전담 수업 시간에 문제를 일으키는지 아니면 특정 교과 시간에만 그러는지. 분노 조절이 안 되는 학생이라면 게임 활동, 설명식 수업, 모둠 활동 중 언제 문제 행동을 하는지 살피는 거죠. 평소에 학생을 깊이 있게 관찰하면서 학생의 문제 행동에 대해 더 자세히 파악하고 구체화해야 해요. 무조건 누구의 책임으로 돌리기 전에 시간적 여유를 두고 학생을 유심히 들여다보는 시간이 필요하죠. 하지만 현실적으로 그렇게 할 수 있는 시간이 부족하긴 해요.

김현희 한국의 학교가 가진 특이점 중 하나는 '우리 반 학생, 너희 반 학생'으로 나누는 문화가 있다는 거예요. 그래서 우리 반 학생을 다른 선생님이 혼내면 불쾌해하는 경우도 있어요. 물론 심정적으로는 이해해요. 특히 옆 반 선생님이 자의적인 판단으로 우리 반 학생을 훈육하고 있으면 자칫 감정적인 문제로 번질 수도 있어요.

한국과 일본 등 몇몇 국가들에만 있는 특유의 학급 제도는 여러 문제들을 야기했다고 생각해요. 학급제는 군대 조직과 상당히 유사한 모습을 갖고 있어요. 학생들이 한정된 공간에서 필요 이상으로 오랜 시간을 함께하다 보니 학교 폭력의 원인이 되기도 해요.

게다가 교권에 대한 개념과 실천적 합의가 완전히 정착되지 않은 한국 사회에서 학급제는 교사들에게 독박에 가까운 책임만 부여하고 있죠. 어떤 사안이 발생하면 이건 당신 반에서 발생한 일이니 당신이 해결해야 한다는 식으로 말이에요.

원칙적으로 학교 안에 있는 모든 학생은 그냥 우리 학생이에요. 네

반 내 반 하고 나눌 문제가 아니에요. 옆 반 선생님이 학교에 있는 공동의 규칙에 기반하여 우리 반 학생을 교육하고 지도했다면 그것을 감정적인 문제로 받아들이지 않았으면 좋겠어요.

우리 꼭 친해져야 할까요?

　나이가 들어도 인간관계는 어렵다는 것을 새삼 느끼고 있습니다. 저희 학교에는 저와 비슷한 나이의 동료 선생님이 세 분 있어요. 처음에는 다 같이 친하게 지냈는데 시간이 흐르면서 저만 소외된 것 같은 불편한 상황이 지속되고 있네요. 저를 제외한 세 분은 퇴근하고 나서 식사도 종종 함께하는 사이였고, 저는 사정상 퇴근 후에 함께 어울리지 못했거든요. 언젠가부터는 서로 대화를 하다가도 제가 들어오면 대화를 멈추고 자리를 뜨더라고요. 주변에서 볼 때도 티가 났는지 다른 선생님이 넌지시 조언을 건넸어요.

　"가끔은 내키지 않더라도 같이 어울려 보면 어때요?"

　같이 어울리고 싶은 마음이 없는 건 아니지만 따지고 보면 직장 동료인데 반드시 사적으로도 친하게 지내야 할까요?

교무실은 작은 사회

김택수 믿기 힘들 수도 있지만 실제로 많은 분들이 겪고 있는 문제예요. 교사도 학교라는 조직에 소속된 구성원이기 때문에 인간관계에서 생기는 갈등이 없을 수는 없어요. 교사도 사람이고, 학교 또한 작은 사회니까요.

이상우 제가 예전에 선생님들을 대상으로 관리자, 동료 교사, 학생, 학부모 중 누가 가장 대하기 힘든지 SNS 설문을 해 봤어요. 개인적인 조사이긴 했지만 놀랍게도 동료 교사가 제일 높은 순위로 나왔어요. 동료 교사는 업무상 협력해야 하고, 좋든 싫든 매일 봐야 하는 사이잖아요. 그런 관계에서 오는 불편함은 겪어 보지 않으면 모른다고 하더라고요.

김현희 저도 오래 전에 동료와 충돌한 적이 있는데 관리자와 부딪칠 때와는 느낌이 전혀 달라요. 관리자는 시작부터 끝까지 공적인 사안에 대해서만 말해도 되는데 동료 교사는 그렇게 하기 어려우니까요. 지위 고하도 없고, 인간적으로 얽힌 사이잖아요. 관리자는 한 달에 한 번 회의 시간에 보는 것이 전부일 수도 있지만 동료 교사는 거의 매일 볼 수밖에 없고요.

김택수 관리자와의 갈등과 비슷하면서도 다른 점이 있어요. 조금 더

'미묘한' 문제들이거든요. 선을 긋기 쉽지 않은 사이에 첨예한 문제를 해결해야 하니 어려워요. 예컨대 학급별로 급식을 먹으러 가는 순서를 정했는데 지키지 않는 경우나 학년 교육과정을 혼자만 재구성해서 다른 반과 지나칠 정도로 다르게 운영하는 경우 말이죠.

이상우　　때로는 인사 때문에 갈등을 겪기도 해요. 이건 제 경험인데요. 저는 인사했는데 상대방은 인사를 하지 않았을 때 내심 기분이 상하더라고요. 상대방이 인사를 하지 않는데 나라고 꼭 인사를 해야 하나 싶고, 인사를 안 하자니 계속 찜찜한 기분이 들고요. 나중에 다른 선생님이 그 선생님에 대해서 이야기해 주셨어요. 그분이 예전에 관리자에게 많이 시달렸는데 그때 동료 교사들이 잘 도와주지 않았고, 그 후부터 친한 몇 명에게만 인사하면서 인간관계에 거리를 둔다는 것이었어요. 제가 싫어서 혹은 실수를 해서 인사를 하지 않는 게 아니라는 사실을 안 이후부터는 그나마 마음이 편해졌어요. 인간관계에는 상대가 마음을 움직이지 않으면 제가 수용할 수밖에 없는 지점이 있는 것 같아요.

김현희　　초등학교에서는 동학년 분위기에 따라 학교생활의 질이 달라진다는 말을 많이 해요. 아무리 힘든 학부모나 학생을 만나도 동학년이 뭉쳐서 함께 해결하려 노력하면 정말 큰 의지가 되거든요. 그런데 자기 교실은 각자 책임지라는 분위기의 학년은 외롭기도 하고 집단 지성이 성장할 여지도 없어요.

동료와 건강한 관계 맺기

김현희 교무실이나 동학년 분위기가 학교생활에 영향을 주기는 하지만 사실 직장 동료와 사적으로 반드시 친해져야 한다고 단언할 수는 없어요. 동료들과 사적으로 친해져서 의사소통이 원활해지고 업무 협력도가 증가하면 더할 나위 없이 좋겠지만 공무와 사무가 얽힐 위험도 생기니까요. 업무 책임자로서 당연히 해야 할 말인데도 사적인 관계 때문에 말하는 것을 망설이게 되고, 받아들이는 입장에서도 '어떻게 내게 이럴 수가.' 하게 되면 곤란해지죠. 동료와 사적인 관계 맺기 자체는 문제가 되지 않아요. 당사자들이 공과 사를 구분할 수만 있다면요.

한편 누군가의 친밀한 관계 맺기가 또 다른 누군가에게는 의도적인 배제로 느껴지지 않게 조심해야 해요. 성향이 비슷한 사람들끼리 친해지는 건 자연스런 현상이에요. 하지만 직장에서 이를 노골적으로 표현해도 되는지는 다른 차원의 문제예요.

양지열 교실과 교실 밖의 얘기를 참 많이 하게 되네요. 교사라는 직업의 특성이 여러 가지 면에서 작동하는 것으로 보여요. 기본적으로 교사는 하나의 교실을 책임지고 있는 독립된 성격이 강해요. 하지만 협업이 필요한 일들도 분명 있을 거예요. 그런데 교무실이라는 제한된 공간에서 협업이 이루어지다 보면 '끼리끼리' 형태가 되기도 쉬워요. 물론 일반 직장에서도 마찬가지예요. 같은 사무실에서 일을 하다 보면 가깝고 먼 사이가 있을 수밖에 없죠. 하지만 교사는 서로 평등한 위치

일 때가 많아요. 회사처럼 싫어하는 사람과 반드시 일을 함께해야 하는 관계는 아닐 수 있어요. 연차의 차이는 있을지라도 어디까지나 수평적인 관계이고, 교사의 가장 중요한 덕목은 역시 아이들을 잘 가르치는 거니까요. 멀리하려면 얼마든지 소원한 관계로 지낼 수 있는 구조적인 측면이 있다는 거예요. 처음부터 그런 직업적 특성을 이해하고 직장 동료로서 적당한 관계를 유지하는 편이 좋을 것 같아요.

김택수　뭐든지 지나치면 부족한 것만 못하죠. 개인주의와 이기주의를 구별해서 동료와 건강한 관계를 맺으면 좋겠어요.

 건강한 관계 맺기를 어렵게 만드는 최악의 동료 유형은?

나 스스로 최악의 동료가 되지 않을 때 비로소 건강하고 좋은 관계를 맺을 수 있겠죠? 최악의 동료 유형을 살펴보고 이런 동료가 되지 않기 위해 나부터 노력해 보세요!

1. 숟가락만 살짝 얹는 동료
2. 불평·불만이 심한 동료
3. 지극히 개인주의적인 동료
4. 눈치 없는 동료
5. 편 가르기를 좋아하는 동료

* 참고 자료: 2018 벼룩시장 구인구직 설문 조사 '회사 생활 공포 1위, 최악의 직장 동료는?'

김현희　한국 사회 특유의 권위주의, 집단주의, 나이로 서열을 매기는 문화 때문에 동료 교사와 관계가 악화되는 경우들이 있는데요. 명심해야 할 것은 학교에서 만난 교사들은 공적이고 평등한 관계를 유지해야 한다는 거예요. "사람이 왜 그리 정 없냐."라는 말을 들을 수도 있겠지만 공과 사를 구분해야 장기적으로 훨씬 바람직한 관계를 맺을 수 있어요.

이상우　교실은 독립적인 공간이면서도 한편으로는 단절된 공간이기도 해요. 물리적인 벽 때문에 동료 교사 간에 심리적인 벽이 생길 수도 있어요.

저는 선생님들과 친해지기 위해서 방과 후에 먼저 동학년 선생님들의 교실을 찾아가요. 자주는 아니지만 일주일에 한 번 정도 교실에 찾아가서 학급에서 있었던 소소한 에피소드나 요즘 힘들었던 일에 대해 이야기하는 거죠.

처음에는 좀 어색할 수 있어요. 우선은 학기 초의 교육 방향에 대해 이야기하는 것부터 시작하면 좋겠어요. 관리자와 달리 교사는 수평적인 관계니까 서로에게 어떤 고민이 있는지, 어떻게 해결할 수 있을지 터놓고 이야기하는 거예요. 만일 이런 준비 단계 없이 각자 다른 관점으로 학기를 시작하게 되면 나중에 갈등이 생길 가능성이 훨씬 높아요. 불편한 관계가 되기도 쉽고요. 서로 긍정적인 경험을 나누고 서로가 원하는 삶을 지지해 주는 시간만으로도 업무에서 받는 스트레스를 줄이고 동료들과 보다 친밀한 관계를 유지할 수 있어요.

학교 밖 모임을 통해 동료 교사 만들기

다른 직종에 비해서 교직은 고립된 측면이 많기 때문에 동료 교사 간 갈등과 스트레스가 클 수밖에 없어요. 가끔은 학교 안에서만 답을 찾기보다 학교 밖의 다양한 선생님들을 만나면서 학교 안의 관계 스트레스를 풀고 학교 안에서 겪는 어려움에 대한 답을 찾는 것도 좋은 방법이에요. 최근에는 교사 전성시대라 할 정도로 교사 모임이 많이 있어요. 노조만 해도 전국교직원노동조합과 교사노동조합연맹 등이 있고, 한국교원단체총연합회와 실천교육교사모임, 좋은교사모임, 새학교넷 등 교원 단체도 많이 있죠. 각종 교과 연구회와 교사 연구 동아리, 지역의 자발적인 연구 모임 등도 활성화되어 있어요.

학교 밖 모임을 통해 풍부한 경험을 가진 다양한 연령대의 선생님들을 만날 수 있고, 학교 안에서 터놓고 말하기 힘든 부분에 대한 공감과 효과적인 해결책을 얻을 수도 있어요.

양지열 아마 서점에 가면 가장 쉽게 찾을 수 있는 책들 중 하나는 인간관계에 대한 각종 조언들을 담은 책일 거예요. 그만큼 많은 사람들이 인간관계를 어려워하고 있다는 방증이죠. 그중 한 권을 골라 드는 누군가가 있을 텐데 어쩌면 그 사람 때문에 고민하는 다른 사람이 있을 수도 있어요. 인간관계는 직업이나 환경을 떠나 모든 사람들이 갖고 있는 영원한 숙제거든요.

어느 학자는 인간이 독립된 개체이고 개성을 가진 존재라는 인식이 환상이라고 주장해요. 인간의 두뇌는 다른 사람의 두뇌와의 상호 작용을 전제로 만들어졌고, 세포와 세포처럼 서로에게 신호로 자극을 주면서 묶음으로 사고하고 행동하도록 만들어졌다는 거죠. 그렇게 본다면 누군가 나와 다른 생각을 하는 것 그리고 그것 때문에 화가 나는 것 역시 당연한 일이에요. 만약 모든 상황이 만장일치가 된다면 사람들의 삶에는 '변주'가 생기지 않을 거예요. 서로 다른 흐름들이 만들어져야 세상은 끊임없이 변화할 수 있어요. 바람이 불지 않고 물이 흐르지 않으면 우주는 멈춰 버릴 테니까요.

이런 개념을 받아들이면서 저는 오히려 마음이 편해졌어요. 다른 사람과의 갈등이 피할 수 없는 당연한 것이라면 그 자체를 받아들이는 거죠. 그 갈등을 통해 또 다른 묶음의 인간들과 어떻게 하나로 움직일 것인지를 생각하면서요. 감정적인 고민은 접어 두고 말이에요. 물론 제 이야기 역시 관계에 대한 여러 가지 이론들 중 하나에 불과해요. 어차피 정답은 없는 일일 테니까요.

배구를 잘하면 훌륭한 교사?

요즘 배구 때문에 학교생활이 위기입니다. 처음에는 그저 친목과 운동 목적으로 하는 줄 알았는데, 알고 보니 그것만은 아니더라고요.

지역 학교 단위의 배구 시합이 열릴 때면 일과 중에 시간을 빼서 배구 연습을 해야 했어요. 물론 함께 배구를 하는 선생님들과의 관계도 돈독해졌고, 실력이 좋다며 어깨를 두드려 주는 교장 선생님의 칭찬도 나쁘지 않았어요. 하지만 연습이나 경기로 업무 시간이나 수업 준비 시간까지 빼야 하는 상황은 이해가 잘 되지 않아요. 딱히 개인주의적인 성향은 아니라고 생각했는데 막상 강요에 못 이겨서 공동체 활동을 하려니까 이것도 힘드네요.

게다가 배구에 참여하지 않는 선생님들은 배제되기 일쑤여서 종종 그분들과 어색해지는 상황도 생겼어요. "배구 잘해서 예쁨받는다." 하는 말까지 들어 마음이 더 무거워요. 대체 배구가 뭐길래 이렇게까지 하는 걸까요? 배구를 잘한다고 좋은 동료, 좋은 교사가 되는 것은 아닌데 말이에요.

학교 안의 이상한 공동체 문화

김택수   이번엔 배구 때문에 곤란한 상황에 처한 선생님의 사연이에요. 스스로 원해서 하는 운동이라면 아무도 반감을 갖지 않을 텐데 자유의사와 상관없이 등 떠밀려 배구를 해야 하니 얼마나 난감했을까요? 다른 선생님들과의 관계에도 문제가 생겼고요. 사연에 나오지는 않았지만 가끔 특정 교원 단체를 가입해야만 그 단체에서 여는 배구 대회에 참여할 수 있는 경우가 있는데 이때 해당 단체에 가입할 것을 강권하는 관리자도 있어요. 그럴 땐 참 곤란하죠.

반드시 배구가 아니더라도 구성원들의 자발적인 참여가 아니라 상급자의 강요나 분위기 때문에 어쩔 수 없이 해야 하는 일들이 학교에서는 일종의 공동체 문화로 포장되어서 벌어지곤 해요.

이상우   공동체 문화 자체를 나쁘다고 볼 수는 없어요. 오히려 좋은 점이 훨씬 더 많죠. 문제는 이런 공동체 문화의 방향이 교사의 전문성 신장에 도움이 되는 것이 아닌, 소위 패거리 문화에 가까워지는 경향이 있다는 거예요.

김현희   저는 배구 문화가 교권 침해와 연결된 부분이 많다고 생각해요. 매년 학교나 교육청별로 각종 배구 대회가 열리는데 그때마다 연습과 출전 때문에 업무 시간이나 수업 준비 시간을 침해받고, 그게 학생들의 학습권 침해로도 이어지거든요.

게다가 스포츠를 즐기는 건 좋지만 이 과정에서 공무가 너무 얽혀들어요. 교사의 전문성과 전혀 상관없는 포상도 문제고 배구를 잘하고 열심히 참여한다고 해서 그 사람이 능력 있는 교사라고 단정할 수는 없잖아요. 이런 잘못된 신호는 오히려 교사의 전문성을 왜곡할 수 있어요.

배구 문화 때문에 불거지는 문제를 해결하려면 일단 근무 시간에 배구를 하는 것을 연수 차원에서 허락할 것인지 아예 금지할 것인지부터 정해야 해요. 개인적으로는 아예 배구를 하지 않거나 배구 외에 다른 연수들도 함께 추진해야 한다고 생각해요. 원래 배구를 좋아하는 분들은 이런 연습이나 대회가 모두 교육 활동에 도움이 된다고 생각할 수 있지만 교육 활동에 도움되는 연수가 오직 배구만 있는 건 아니잖아요. 교사의 전문성 신장을 위한 '연수권'은 다양하고 평등하게 보장되어야 해요.

양지열　어느 조직에나 나쁜 관행에 가까운 문화들이 있어요. 저도 변호사가 되기 전 기자로 일할 때 그런 생각을 많이 했어요. 한 명의 기자로서 갖는 역할과 조직의 질서를 따라야 하는 구성원으로서의 역할 사이에 발생하는 갈등이 있었거든요.

선생님들도 비슷하실 거예요. 자율성과 전문성을 지닌 교사로서 역할이 있고, 학교라는 직장에 속한 구성원으로서 역할이 있는데 그런 이중적인 위치 때문에 겪는 갈등이 심할 것 같아요.

분명히 말할 수 있는 건 지금은 예전보다 더 좋은 방향으로 변하고 있다는 거예요. 최소한 어디까지 따르고, 따르지 않을지 자신의 가치관에 따라 선택할 수 있는 시대가 됐어요. 기본적인 예의를 지키는 선에서 부당하다고 생각하는 부분에 대해서는 거부해도 돼요.

김현희　그래서 구성원들끼리 이런 사례들을 서로 공유해야 해요. 제가 가장 답답할 때는 힘들어하고 있는 본인이 정작 아무 말도 하지 않을 때예요. 분명 잘못된 일인 것을 아는데 아무에게 말하지 않고 혼자 끌어안고 있는 거죠. 그러면 다른 사람들이 돕고 싶어도 도울 수가 없어요.

　공동체 문화도 좋지만 개인의 선택도 존중해야 해요. 나에게는 즐거운 일이 누군가에는 강제 동원과 인권 침해로 느껴질 수 있으니까요. 문제를 제기하는 사람에게 색안경만 끼지 않아도 좋을 거 같아요. "쟤는 왜 분위기 좋은데 굳이 분란을 만들어?" 하는 반응만 없어져도 학교 안에서 자정 작용이 일어날 수 있어요.

축하를 강요받는 교사들

김현희　교직 사회에는 공동체의 이름으로 개인에게 가해지는 폭력들이 있죠. 저는 처음 부임했던 학교에서 '꽃순이'란 역할을 맡은 적이 있어요. 졸업식 때 교장 선생님 옆에서 시상 도우미를 하는 거예요. 작년 꽃순이는 한복을 입었다면서 저보고 예쁘게 입고 오라고 하더라고요.

신규 교사였던 저는 거부할 생각은 하지 못하고 순순히 꽃순이 역할을 맡았어요. 그런데 하다 보니 불쾌한 거예요. '내가 지금 여기서 왜 이런 일을 하고 있는 거지? 시상 도우미가 예쁘게 꾸며야 하는 이유는 뭐지?' 하는 생각이 계속 들었어요.

한번은 교대 동문회에 갔는데 기수대로 일어나서 깍듯이 인사하고 우리는 가족 같은 분위기라면서 상찬하는 거예요. 저는 그런 분위기에 적응하기가 너무 힘들었어요. 결국 동문회를 탈퇴했는데 처음에는 탈퇴를 받아 주지 않겠다고 하더라고요. 어이가 없었죠. 퇴임식도 마찬가지예요. 다른 지역 학교들도 여전히 불필요한 의전을 많이 하는 편인가요?

김택수　학교마다 사정이 다르겠지만 대부분은 식사만 하고 조용히 치르길 원하세요. 아예 퇴임식을 하지 않으려는 분도 있고요. 오히려 관리자에게 인정받길 원하는 분들이 인근 학교의 퇴임식 자리가 아주 훈훈했다는 이야기를 듣고 와서 다른 선생님들에게 강요 아닌 강요를 하는 경우가 있죠.

이상우　관리자로 승진하거나 관리자가 다른 학교로 가게 되면 친목회에서 떡을 돌리는 경우도 흔해요. 평교사가 학교를 옮기면 아무것도 하지 않는데 왜 관리자가 승진을 하거나 전출을 하면 떡을 돌려야 하는지 모르겠어요. 이것도 부적절한 관행이라고 생각해요.

김현희 학교 행사를 위해 몇 주 동안 춤이나 노래 연습을 해야 하는 선생님들이 있어요. 주로 경력이 얼마 되지 않은 선생님들에게 그런 부담을 많이 주죠. 본인들이 정말 하고 싶어서 자발적으로 나선 것이라면 굳이 문제 삼을 필요가 없겠지만, 조직에는 보이지 않는 문화적 압력이란 것도 있기 때문에 자의와 타의를 명확하게 구분 짓기는 어려워요.

이상우 졸업식에서도 비슷한 풍경을 볼 수 있어요. 아이들의 졸업을 축하하기 위해서 선생님들이 자발적으로 공연을 준비하는 것은 무척 보기 좋아요. 하지만 학생들과 학부모들이 하니까 선생님도 해야 한다는 무형의 압력 때문에 준비하는 것은 엄연히 다른 문제예요. 강요받아서 하는 축하는 진정한 축하가 아니잖아요.

게다가 공연을 준비하려면 어쩔 수 없이 수업 준비 시간이나 업무 시간에 연습을 하게 되거든요. 외부의 시선을 의식하기보다는 학생들에게 교육적으로 도움을 줄 수 있는 축하 방식이 무엇인지 고민해 보면 좋겠어요.

예전에는 졸업식 때 외부에서 받는 상이 있으면 식전에 그 상을 주는 연습을 계속 시켰어요. 다른 학생들도 앉아서 박수 치는 연습을 하고요. 요즘은 그런 의미 없는 축하 연습이 많이 사라졌어요. 오히려 모든 학생들이 받을 수 있는 상을 만들어서 모두가 축하하고, 모두가 축하받는 교육적인 시간으로 꾸리고 있어요. 이런 변화들은 학생들뿐만 아니라 교사에게도 전문성과 자부심을 줄 수 있는 기회가 될 거예요.

학교 안의 관료주의 문화

김택수 교사 개인의 의사를 존중하지 않는 문화에 소위 '관료주의'라는, 형식과 매뉴얼만을 중요시하는 문화도 포함되죠.

이상우 솔직히 매뉴얼이 있으면 일을 처리하는 절차와 방법, 유의 사항 등을 알 수 있어서 효율적이고 도움이 많이 돼요.

다만 매뉴얼을 너무 맹신하는 건 주의해야 해요. 매뉴얼 안에서 절차가 엉켜 버리면 오히려 더 불안해지거든요. 실제로 매뉴얼을 그대로 따른다고 해서 잘 되는 것도 아니에요. 매뉴얼이 현실을 제대로 반영하지 못하는 경우도 있으니까요.

물론 사고가 일어났을 때 매뉴얼을 따르지 않았다고 지적하는 경우가 많아서 어쩔 수 없이 매뉴얼에 의지하게 될 수도 있어요. 하지만 그 안에 있는 세세한 규칙을 모두 준수하는 건 오히려 매뉴얼을 만든 취지와도 맞지 않아요. 생활 지도나 학부모 상담을 할 때 매뉴얼을 열심히 준수하다가 시간이 모자라거나 감정이 예민해져서 학생이나 학부모를 불편하게 만들 수도 있거든요.

김현희 학교에서 절차적 정당성을 지키는 건 중요해요. 그렇지만 절차적 정당성이 모든 걸 담보하는 건 아니죠.

예를 들어 학교운영위원회, 다면평가위원회, 인사자문위원회를 거쳐 어떤 결정이 나왔어요. 그런데 위원들이 결정하는 과정에서 다른 구성원들의 의견을 충분히 반영하지 않았는데도 "이건 절차적으로 정당하게 진행된 회의니까 따르세요."라고 주장할 수 있어요. 그 내용들이 일부 교사들의 교육 방침이나 신념과 대치될 수 있고, 소수에 대한 다수의 횡포로 작용하면 교권 침해로 이어질 수 있는데도 말이에요. 매뉴얼과 절차적 정당성은 기본 요소일 뿐이고 운영하는 방식에 따라 결과는 천차만별일 수 있어요.

매뉴얼에 대해 말하니 또 하나 언급하고 싶은 게 있어요. 2020년 9월 15일 교육부와 시도교육감협의회가 발표한 자료에 관한 내용인데요. 원격 수업 기간 중 실시간 조·종례 운영, 주 1회 이상 학생·학부모 상담 등에 관한 내용을 담고 있었죠. 현장과 괴리된 일방적인 지시였고, 명백한 교권 침해라고 봐요. 조·종례 방식, 상담 횟수, 수업의 형식은 교사들이 각자 맡은 학생, 교과 특성, 물리적 조건 등에 맞게 자율적으로 선택할 수 있어야 해요.

제가 볼 때 이 지시는 거의 헌법을 위배하는 수준이에요. 헌법 제31조 제4항이 말하는 교육의 전문성과 자주성을 침해하는 것은 물론이고, 교육적인 판단보다 학부모 민원 처리 논리에 의해 움직였다는 점에서 보면 사실 정치적 중립성까지도 문제 삼을 수 있어요.

양지열　조직을 효율적이고 체계적으로 운영하기 위해서는 조직의 구성원들이 어느 정도 일치된 절차와 규정을 따라야 해요. 그래서 매뉴얼을 만드는 것이고요.

하지만 아무리 매뉴얼을 단순하게 만들어도 그걸 따르지 않는 사람은 분명히 있어요. 모든 경우의 수를 따져 가며 만들어도 예상하지 못했던 일들이 터지기 마련이고요. 그러다 보면 매뉴얼은 끝도 없이 복잡하고 어려워질 수밖에 없어요.

그리고 이렇게 형식과 절차만을 중요시하는 관료주의 문화는 분명 현실과 괴리되는 문제점들이 있어요. 문제 해결보다 매뉴얼을 찾아 절차와 방법을 알아보는 데 정작 더 많은 시간을 쓰게 되고, 결국 정말 중요한 순간에는 기회를 놓칠 수도 있으니까요. 이런 문화는 교직 사회뿐만 아니라 어느 사회에서나 풀어야 할 숙제예요.

건강한 개인주의와 수평적 연대

김택수 학교에 뿌리 내린 잘못된 공동체 문화를 무비판적으로 수용하지 않고 개선하기 위해서는 어떻게 해야 할까요?

이상우 요즘 교직 사회를 보면 한쪽은 너무 집단주의적이고, 한쪽은 지나치게 개인주의적인 면이 있어요.

예를 들면 전에는 전입 교사, 저경력 교사, 기간제 교사에게 일감을 몰아주는 경우가 많지 않았어요. 그런데 요즘은 학교 폭력, 고학년 생활 지도, 악성 민원 같이 어렵고 민감한 업무가 그분들에게 몰리는 거예요.

그다음부터는 각자도생이에요. 나만 아니면 된다는 생각을 가진 선생님들은 그분들이 힘들어도 참견하지 않고 선뜻 돕지 않아요. 그럼 학교 안의 좋은 공동체 문화가 무너지는 거예요. 저는 이런 문제들을 해결하기 위해서 인사자문위원회를 통해 업무 분장에 대한 규정을 만들었어요.

가령 돌봄 교실 업무는 지원자에게 우선 배정하는 것, 지원자가 없을 경우에는 적어도 일정 연수를 마친 교사가 맡게 하는 것, 저경력 교사가 6학년을 맡지 않도록 하는 것, 전입 첫해에 과중하고 어려운 업무를 맡기지 않는 것 등을 규정으로 넣은 거죠.

물론 첫해는 저희도 불편했어요. 전입을 오자마자 그런 업무를 하셨던 분들 사이에 불만도 있었고요. 그런데 규정을 만든 다음부터는 전입 교사나 저경력 교사들이 학교의 환영과 배려를 느끼고 다음번에는 자신이 나서서 그런 일들을 하겠다고 적극적으로 나서게 됐어요. 이런 분위기와 문화를 만들어 가는 노력이 중요해요.

양지열 저는 공과 사를 명확하게 구별하는 것이 건강한 개인주의의 전제라고 생각해요. 개인주의가 반드시 이기주의인 건 아니잖아요. 자신이 맡은 일을 다 했다면 같은 집단에 속하기 위해 해야 하는 불필요한 수고는 피하고 싶을 수도 있어요. 가끔 보면 학교뿐만 아니라 일반적인 우리 사회의 문화가 공동체에 속했다는 이유로 개인이 가져야 할 시간과 공간을 존중하지 않는 것처럼 보여요.

혹자는 농경 문화에서 마을 공동체가 다 함께 경제를 꾸렸던 전통을 공사 구별이 어려운 원인으로 꼽기도 하더라고요. 그런 사회에서는 공과 사를 구별하는 일 자체가 불가능했으니까요.

공과 사를 구별하지 않는 것이 반드시 나쁘다는 것이 아니라 현대 사회에 맞지 않는 부분이 분명히 있다는 거예요. 특히 구성원 사이의 유대감이 강하면 다른 공동체에 배타적이기 쉽다는 특성이 있어요. '우리끼리'를 강조하는 거예요. 그렇게 자신이 속한 공동체만을 중요시하다 보면 우리와 다르다거나 혹은 아직 우리 안에 들어오지 않았다는 이유로 일종의 통과 의례를 강요하게 될 수도 있어요.

하지만 그건 사적인 감정 때문에 공적인 일을 공적으로 처리하지 않는 것이겠죠. 온전히 일 자체만을 놓고 각자가 맡을 업무를 나눠야 해요.

김현희 건강한 개인주의와 건강한 공동체는 동전의 양면과 같아요. 개인의 고유성이 살아 있지 않은 공동체는 전체주의이고, 공동체 의식이 없는 개인들의 모임은 혼란과 각자도생의 늪으로 빠지기 쉬워요. 그래서 건강한 시민 의식을 가진 개인들이 수평적으로 연대하는 문화를 조성해야 하는 거죠.

덧붙여 구조와 문화는 서로 맞물려서 발전하는 경향이 있어요. 사실 배구 대회 문제, 퇴임식 문화 같은 문제만 해도 순수하게 문화적인 문제로만 보기는 어렵잖아요. 승진 제도의 구조적인 모순이나 교사 평가 제도의 문제점들과도 얽혀 있어요.

그래서 공정한 체제가 끊임없이 합리적으로 견제하게 하면서 동시에 교사들 스스로 자기 성찰과 비판의 목소리를 내는 게 중요해요. 교사들의 비판 의식이 제고되어야 교직 문화가 뿌리부터 달라질 수 있다고 봐요.

교사도 제대로 평가받고 싶다

어릴 때부터 선생님이 되고 싶었던 저는 학생들과 함께하는 시간이 너무 행복해요. 언젠가는 교장 선생님이 되어 열정 있는 선생님들과 함께 학생들이 좋은 환경에서 즐겁게 공부할 수 있는 학교를 만들고 싶어요.

그런데 관리자로 승진을 하기 위해서는 수많은 자격 요건이 필요하더라고요. 교사 경력 외에도 연구 학교 근무와 연구 점수, 학교 폭력 관련 업무, 농어촌 근무, 자격증, 각종 연수 등 챙겨야 할 것들이 정말 많았어요.

물론 그중에는 좋은 관리자가 되기 위해 꼭 필요한 항목들도 있어요. 하지만 정작 교사가 가장 전문성을 발휘할 수 있는 학급 운영과 교육 방식은 어떻게 평가할 수 있을지 의문이 들어요.

교사의 전문성을 반영하지 못하는 평가 제도

김택수　사연을 들으니 설레는 마음으로 첫 출근을 했던 제 모습이 어렴풋이 떠오르네요. 사연 속 선생님은 현재의 승진 평가 항목이 과연 교사의 전문성을 제대로 평가할 수 있는지 의문을 가졌어요. 교사의 전문성은 교육의 자율성과도 연관이 깊죠.

교육의 자율성은 교육에 대한 행정 권력이 자의적으로 권력을 행사하는 것을 방지하고, 가급적 교육자나 교육 전문가가 교육에 대한 사항을 결정하도록 하는 거예요. 이를 바탕으로 교사의 전문성을 함양하는 것이고요.

그렇게 보면 승진 제도의 일부 평가 항목은 교사의 자율성과 전문성을 침해한다고도 볼 수 있어요. 학습자의 교육적인 성장 가치를 최우선으로 하는 것이 아니라 실적 쌓기와 학교 관리, 행정 능력만을 우선시하기 때문이에요.

매년 승진 제도를 개선하고자 하는 시도가 있지만 협의하는 데 어려움이 많아요. 승진에 관심이 있는 선생님들은 지금까지 쌓아 온 점수가 있으니 평가 기준이 그대로 남아 있길 바라고, 승진에 관심 없는 선생님들은 본인과 관련이 없다고 생각하고 신경 쓰지 않죠. 권리 위에 잠자는 자는 보호받지 못한다는 말이 있듯이 승진에 대한 개인적인 관심 여부를 떠나 제도적으로 합리적이지 않은 부분에 대해 적극적으로 의견을 개진해야 할 필요가 있어요.

이상우　가끔 보면 학교 관리자와 교육 당국은 교사를 전문적인 교육자로 대우하기보다 교육청이나 교육부 등 상급 기관에 속한 하급 관료로 보는 경향이 있어요. 그래서 교사의 전문성과 자율성을 신장하고 지원하기보다는 감독하고 제한하지 않나 하는 생각이 들어요.

　승진 평가 항목 중에는 연구 학교 경력도 포함되어 있어요. 연구 학교란 어떤 교육 정책이나 교육 프로그램을 적용해서 효과를 검증하기 위해 특별히 지정된 학교를 말해요. 연구 학교를 신청하기 전에 먼저 구성원의 의견을 수렴해야 하는데 이때 실명으로 물어보는 경우가 종종 있어요. 그러면 선생님들은 솔직하게 답하기 어렵죠.

　연구 학교 선정 과정의 적절성과 공정성도 문제지만 선정된 이후가 더 문제예요. 승진 때문에 무리하게 연구 학교 선정을 강행했는데, 막상 그 선생님은 새 학기에 다른 학교로 옮기게 된 거죠. 그러면 다음 연구 부장을 맡은 선생님은 자신이 계획한 것도 아니고, 구성원의 동의도 얻지 못한 프로그램을 2년 동안 운영해야 해요. 이런 부작용도 간과할 수 없어요.

김현희　승진을 하려면 연구 학교 근무 경력이 많아야 한다는 것에서부터 불합리와 우연의 요소가 크게 작용해요. 승진을 준비하는 교사들은 여러 가지 방법으로 이동 점수를 쌓아서 연구 학교에 가거나 인맥을 이용해서 연구 학교로 초빙돼요. 이런 방법이 합리적이고 투명하다고는 볼 수 없죠.

　능력과 상관없는 우연의 요소도 큰 영향을 끼쳐요. 예를 들면 본인의 의지와 상관없이 관리자와 일부 교사들의 노력으로 근무하는 학교가 연구 학교로 지정되어 점수를 받기도 해요. 게다가 학교 폭력 가산점은 학교 폭력 해결에 혁혁한 공을 세운 교사가 아니라 학교 폭력 보고서를 작성한 교사에게 부여되는데, 초등 학교에서는 주로 고학년을 맡고 있는 교사더러 쓰게 하는 경우가 많아요. 학교 폭력은 3학년이든, 5학년이든 어느 학년에나 발생하는 문제인데도요. 무엇보다 학교 폭력 가산점과 학교 폭력의 실제적 개선 사이에는 아무런 연관이 없어요.

이렇게 모순 덩어리인 승진 제도는 교육의 본질 자체를 훼손하는 지경에 이르고 있어요. 현재의 승진 제도는 수업, 연구, 학생과의 관계 맺기에 충실하고자 하는 교사들에게 허탈감을 줘요. 교사들이 승진을 못해서 허탈하다는 것이 아니라 교육 전문성에 대한 잘못된 시그널이 의욕을 꺾을 수 있다는 거예요.

또 교사들이 연수 시간을 채우기 위해 마우스 클릭과 보고서 작성 같은 가시적인 성과에 몰두하는 동안 학생들은 승진을 위한 도구로 전락할 위험이 있어요. 관리자가 주는 점수를 잘 받기 위해서는 무조건 충성하는 분위기가 조성되고요. 학교 민주주의와 민주 시민 교육은 이런 식으로 잠식되어 가는 거죠.

이상우 승진 제도 자체가 교권을 침해하는 건 아니에요. 제도를 보완하기 위해서 승진 점수를 모으는 방식과 내부형 공모, 초빙 교장제 같은 제도들도 나오고 있어요. 아직 실현되지 않았지만 '교장 선출 보직 제도'도 비슷한 맥락에서 나온 거고요. 문제는 승진 과정에서 선생님들 간에 불필요한 다툼이나 갈등이 일어날 여지가 있다는 거예요.

가령 승진 점수를 받기 위해 보고서를 비롯한 실적 자료를 경쟁적으로 만들거나 돌봄과 같은 주요 업무를 맡기 위해 학교끼리 경합을 하는 거죠. 인센티브를 줘서 교사의 사기를 진작하고 학교를 정상화하겠다는 승진이나 연구 본연의 취지가 퇴색되고, 교사더러 교육과 관련 없는 외적인 실적에만 매달리게 해서 학교를 분란의 장소로 만들고 있는 게 아닌가 하는 생각이 들어요.

양지열 평가가 제대로 이루어지기 위해서는 선생님을 평가하는 관리자의 역량뿐만 아니라 관리자가 선생님을 잘 평가하고 있는지를 평가하는 상급 기관의 역량도 중요해요.

만약 상급 기관이 그러한 역량을 가지고 있지 않거나 발휘할 의지가 없다면 선생님들이 문제 제기를 할 수 있는 가장 효과적인 수단은 결국 교원 단체예요. 과거에는 교원 단체가 거대 권력으로부터 교원의 자율성과 권리를 보호하기 위해 싸웠다면, 그런 것들이 어느 정도 보장되고 있는 지금은 관리자와 기관의 문제점을 함께 논의하고 공론화하는 역할을 하는 거죠.

자신보다 직책이나 직급이 높은 사람 혹은 기관에 맞서는 것은 교사 한 사람이 하기 어려운 일이에요. 교사들의 뜻을 모을 수 있는 방법은 제도적으로 뒷받침되고 있으니 적극적으로 참여하면 평가 제도가 좋은 방향으로 바뀔 수 있을 거라 기대해요.

⚖️ **교원지위법 제11조**(교원의 지위 향상을 위한 교섭·협의)

---

① 「교육기본법」 제15조 제1항에 따른 교원 단체는 교원의 전문성 신장과 지위 향상을 위하여 특별시·광역시·특별자치시·도 및 특별자치도 교육감이나 교육부 장관과 교섭·협의한다.

양날을 가진 차등 성과급 제도

김택수　교사의 교육 활동을 정성 평가나 정량 평가로 정확하게 평가 하기는 어려워요. 성과급도 마찬가지예요. 성과급 제도를 좋게 보는 분들은 성과급을 차등으로 지급하면서 열심히 하는 교사들을 더 북돋 을 수 있는 계기가 되었다고 말해요. 교사가 타성에 젖는 것도 경계할 수 있고요. 남들보다 열심히 하고, 잘하는 사람에게는 분명 이를 격려 할 수 있는 인센티브를 줘야 한다는 것이죠.

김현희　성과급 제도가 도입된 초창기만 해도 보수 성향의 교원 단체 와 진보 성향인 교원 노조의 의견이 찬성과 반대로 나뉘었어요. 하지 만 성과급 제도가 들어온 지 10여 년이 흐른 지금은 대부분의 교사들 이 이 제도에 반대해요. 성과급 기준안을 만들 때마다 회의 분위기는 삭막해지고 어떤 기준안이 만들어지더라도 모두를 만족시킬 수 없어 요. 또 규정상 교내 교사의 30%는 최하 등급을 받는데 상대 평가다 보 니 더욱 자존감이 떨어지죠. 지금은 가장 보수적인 교원 단체조차 성과급 제도에 반대하고 있고, 여러 설문 조사 결과를 봐도 대부분의 교사가 성과급 제도에 부정적인 의견을 갖고 있어요. 당사자들이 취지와 필요성에 공감하지 못하는 제도를 이렇게 유지하는 모습을 볼 때마다 교육의 전문성과 자율성이 훼손되고 있다는 생각을 해요.

양지열 저는 교직에도 성과급 제도가 있다는 사실에 조금 놀랐어요. 걱정스럽기도 하고요. 남들보다 열심히 일하고 실적이 좋은 사람에게 그에 맞는 대우를 한다고 하면 일단은 쉽게 고개를 끄덕이게 되지만 부작용이 만만치 않아요. 그렇게 줄을 지어 달리기를 시키면 분명히 지쳐서 떨어져 나가는 사람이 있기 마련이니까요.

우리나라 교육의 큰 어려움은 모든 것이 입시 위주라는 것이죠. 모든 배움은 좋은 대학교를 가기 위한 과정으로만 인식되기 쉽고요. 그래서 정작 아이들에게 필요한 기초 과정들은 무시당하기 쉬워요. 평가 위주의 교육 탓에 일찌감치 "이번 생은 망했다."라고 말하는 아이들이 너무 많이 생기고 있어요. 선생님들에게 성과급을 적용하는 것은 그런 부작용을 더욱 부채질하는 것밖에는 안 되지 않을까요? 학생들에게 기울여야 할 노력을 엉뚱한 데 쓰게 만드니까요. 자신의 목표에 맞춰 주는 학생들과 그렇지 못한 학생들을 차별할 수밖에 없도록 만드는 거예요.

아마 선생님들은 제가 말하는 것들보다 더 많은 문제점을 알고 계실 거예요. 그래서 대부분의 선생님들이 반대하는 거고요. 하지만 제도는 자생력이 있어서 한 번 도입되면 당장 없애기는 쉽지 않아요.

이상우　성과급은 말 그대로 다른 사람보다 성과를 많이 내는 사람에게 인센티브를 줘서 사기를 진작하기 위해 만들어졌어요. 교내 구성원들의 성과와 관련된 평가 지표를 계속 수렴할 수 있다는 긍정적인 효과도 있고요.

문제는 제도로 인해 동료성이 굉장히 훼손되고 있다는 거예요. 고생한 사람이 더 받는 것이 왜 문제냐고 생각하는 분도 있을 수 있어요. 그 의견도 충분히 공감해요. 하지만 제가 우려하는 건, 역으로 성과급을 많이 받았으니 그만큼 더 고생하라고 일감을 몰아주는 일이 일어나고 있다는 거예요. 교내 여론에 밀려서 업무량이나 결과에 비해 성과급은 잘 받지 못하는 경우도 발생하고 있고요.

이런 부작용을 해소하기 위해서 여러 가지 논의가 이루어지고 있는데, 대표적으로 등급 간 금액 격차를 줄이자는 의견이 있어요. 성과급 등급은 S, A, B로 되어 있는데 2018년도를 기준으로 했을 때 S에서 B 사이가 130만 원~140만 원 정도로 꽤 차이가 있었거든요.

또 하나는 수당을 높이자는 의견이에요. 지금은 부장 교사 수당이 낮은 편이에요. 몇 년간 동결이었거든요. 수당을 높이고, 과중한 업무를 맡은 분들에게 조금이라도 더 보상이 돌아갈 수 있도록 하자는 거죠. 연구 부장이나 교무 부장이 성과급을 조금 더 받는다고 해도 그걸 반대할 사람은 많지 않을 거예요. 직무 수당을 높이고 등급 간 격차를 줄인다면 선생님들도 지금보다는 성과급 제도의 필요성에 더 공감할 수 있지 않을까요?

교사의 전문성은 어떻게 평가해야 할까

김현희   국제교원노조연맹(Education International)의 논문 〈교원 평가의 활용과 오용: OECD 국가를 중심으로〉에 따르면 성과급 제도가 학교에 효과를 발휘한다는 증거는 없어요. 하지만 교사들에게 전문성을 개발할 수 있는 양질의 기회를 제공한다면 교원 평가는 긍정적인 효과를 발휘한다고 해요. 평가 과정 개발에 교사들이 참여함으로써 수업 현장과 평가의 다양한 변인이 고려되고, 평가에 관여하는 사람들이 평가의 목적에 동의하는 종합적이고 질적인 평가가 필요한 거죠.

　지금과 같은 평가 방식은 백해무익해요. 표준화된 기준으로 줄 세우기를 당하는 교사들은 같은 방식으로 학생들을 교육하게 되죠. 교사의

평가의 본래 목적에 맞는 평가 제도를 만들려면?

교원 평가의 본래 목적은 교육 활동 개선과 교원의 전문성 신장이에요. 현재와 같은 일회성의 형식적인 평가는 효과가 없을뿐더러 기능적 수업관에서 비롯된 탈전문화의 위험도 있어요. 본래 목적에 부합하는 평가 체제를 구축하려면 다음과 같은 것들을 고려해야 해요.

첫째, 교원의 역량에 대한 정의와 합의 마련하기
둘째, 전문성의 질적 성장에 초점을 맞추고 평가 방법을 다양화하기
셋째, 지속적이고 실질적인 피드백 방안을 고안하기

교권과 학생의 학습권은 늘 이렇게 함께 움직여요.

이상우 교사를 평가할 때 전문성 신장을 위해 얼마나 노력하는지 또는 생활 지도와 학부모 상담을 얼마나 능숙하게 하는지 등을 평가할 수 있다면 정말 좋겠죠. 그런데 이런 부분을 정량적으로 평가하기란 쉽지 않아요. 자기 보고식 정량 평가는 객관적인 평가가 되기 어렵고요. 학교 폭력 승진 가산점도 그중 하나예요. 평가 자체는 부정하지 않되, 교사가 자신의 교육 실천을 직접 평가하고 동료 교사, 학생, 학부모에게 평가를 받으면서 평가를 자기 성장의 기회로 삼는 것이 바람직해요.

양지열 교사를 평가하기 이전에 교육계 스스로도 교사가 하는 업무를 어떻게 볼 것인지에 대한 기준을 정립할 필요가 있어요. 선생님들이 하고 있는 막연한 업무를 보다 구체적으로 나누자는 거죠. 과목별, 학교별, 학년별로 중점을 두는 부분도 모두 고려해서요. 교사마다 관심 있는 분야는 다를 수 있으니까요. 선생님 각자의 능력을 집중해서 발휘할 수 있는 환경을 만든 다음에야 각각의 과정에서 이루어지는 평가도 의미가 있을 거예요.

교사도 민주 시민입니다

　SNS에 평소 호감이었던 정치인의 새 글이 올라와 반가운 마음에 '좋아요'
를 눌렀어요. 문제가 되리라고는 전혀 생각하지 못했는데 다음 날 그 글을 본
관리자가 저의 SNS 활동을 지적했어요. 정치적 중립성을 어기는 행위가 될
수 있으니 가급적 정치와 관련된 SNS 활동은 하지 않는 것이 좋겠다고 하면
서요.

　저는 그저 한 명의 시민으로서 정치인의 글에 '좋아요'를 누른 것뿐인데 이
것도 교사의 정치적 중립을 지키지 않은 행위에 해당하는 건가요?

교사와 정치적 중립

김택수 정치 참여를 제한하는 것은 교사의 자율성을 침해하는 가장 대표적인 일례라고 생각해요.

「국가공무원 복무규정」 제27조는 '정당의 조직과 확장 등을 위한 행위' '정당이나 정치 단체를 지지·반대하는 행위' '특정 후보자의 당선과 낙선을 위한 행위'를 금지하고, 이를 위해 '시위, 책자 배포, 정당이나 정치 단체 깃발 등 게시, 자금 지원' 등을 해서는 안 된다고 명시하고 있어요. 이를 근거로 항상 교사에게 정치적 중립을 지킬 것을 요구하는데, 이견이 많죠.

교사의 정치 활동을 금지한 본래 목적은 그들의 지위나 권한을 이용해 특정 정당의 정치적 목적을 달성하려는 것을 막기 위해서지, 인간으로서 가지고 있는 사상의 자유나 표현의 자유를 근본적으로 박탈하려는 것이 아니거든요. 사회 현상이나 상황 등에 대해 생각을 표현하는 행위는 교사에게 금지된 정치적 행위라고 볼 수 없어요. 교사도 '사람'이자 '시민'인데, 간혹 지나친 중립을 요구하고 있는 듯해서 회의가 들 때도 많아요.

김현희 이건 교사의 전문성과 자율성을 말하기 이전에 인권 침해에 해당하는 사안이에요. 교사는 정당에 가입할 수 없어요. 정당이 진행하는 국민 경선에도 참여할 수 없고, 정치 후원금을 낼 수도 없어요. 공직 선거에도 출마할 수 없고요. 총선거와 지방 선거뿐만 아니라 교육감 선거에도 출마하지 못하죠. 심지어 교사들은 페이스북에서 특정 정치적 입장에 '좋아요'만 눌러도 징계의 위협에 노출돼요. 국제 기준으로 보면 황당한 실정이죠. 어느 국가도 교사 개인의 정치적 자유를 이토록 제한하지 않아요. 실제로 국가인권위원회와 유엔인권이사회도 권고안과 특별 보고서를 통해 한국의 교사에게 개인의 기본권을 보장하도록 권고한 바 있어요.

이상우 우리나라의 노동법이 선진국보다 취약한 면이 있는데, 이를 바꾸지 않고 교사의 기본권을 막는 것은 비합리적인 일이에요. 일각에서 강조하고 있는 교사의 정치적 중립은 사실 교육의 중립성을 보장하기 위한 것인데, 역으로 교사의 정치적 자유마저 빼앗아 버리거든요.

실제로 선거 기간에 선생님들이 관심 있는 정치 게시글에 '좋아요'를 눌렀다가 선거법 위반으로 신고당한 경우도 꽤 있었어요. 반복적인 '좋아요'나 응원 댓글이 아니면 대부분 무혐의 처분이 나긴 했지만 아마 선생님들은 많이 당혹스러웠을 거예요. 파면까지는 아니더라도 감봉과 같은 중징계 처분을 받을 수도 있는 사안이거든요.

김현희 교사의 정치적 기본권에 대한 여러 가지 의견이 있어요. '교사들이 자신의 정치적 신념을 학생들에게 주입하지 않을까?' 하는 염려도 그중 하나예요.

예를 들어 볼게요. 교사들은 이미 자유롭게 종교 활동을 하고 있어요. 교회나 절에 가고, 헌금도 내요. 하지만 교사가 자신의 종교적 신념을 학생에게 강요해서는 안 되죠. 이건 상식이에요.

마찬가지로 교사는 개인의 정치적 신념을 학생들에게 주입하면 안 돼요. 다만 교회에 가는 권리가 보장되는 것처럼, 사적인 영역에서는 자신의 소신에 따라 정치적 자유를 누릴 수 있어야 하죠. 교사가 학생들에게 자신의 정치적 신념을 주입하려 한다면 특정 종교를 학생들에게 강요하는 행위를 금지하듯이 제도적 방안으로 이를 제지하면 돼요.

이상우   한국 사회가 교사에게 정치적 중립의 의무를 지나치게 강요하게 된 배경에는 보이텔스바흐 협약이 있어요.

보이텔스바흐 협약은 1976년 독일에서 사회적 합의로 만들어진 정치 교육의 원칙이에요. 민주 시민 교육의 첨단이자 다수에 의해 합의된 약속이었고, 이제는 통일된 독일뿐만 아니라 우리나라에서도 많이 인용되고 있어요.

보이텔스바흐 협약에서는 교사가 학생들에게 특정한 정치적 의사를 강요하면 안 되고, 진보든 보수든 아이들이 균형 있는 시각을 가질 수 있게 안내하며 결과적으로는 학생들 스스로 판단해서 정치적 행위를 결정할 능력을 키워 줘야 한다고 강조해요. 이 부분이 지켜지기만 한다면 교사의 정치적 기본권 역시 충분히 보장되어야 하죠.

요즘 학생들은 선생님이 정치적으로 한쪽에만 치우쳐서 이야기한다고 생각하면 교육청에 바로 신고해요. 저는 그것이 살아 있는 민주 시민 교육이라고 생각해요.

아직도 한국 사회는 교사 노동조합의 단결권과 단체 교섭권은 인정하지만 단체 행동은 제한하고 있어요. 이런 후진적인 부분들은 빨리 해소되어야 해요.

양지열 국제노동기구(International Labour Organization)에서도 한국 사회가 교사들에게 적용하고 있는 정치적 중립에 대한 제한이 잘못되었다고 끊임없이 권고하고 있어요. 그에 따라 해고로 실직한 교사들의 노동조합 가입도 보장하는 쪽으로 바뀔 거고요.

국제노동기구는 정부, 기업, 노동자가 함께 모여서 개인이 자유와 권리를 보장받고 안전하게 노동할 수 있도록 노동 환경 개선과 노동자 지위 향상에 앞장서는 전문 기구예요. 특히 유럽에서는 ILO 협약을 지키지 않으면 통상에 불이익을 주도록 되어 있어서 수출입 규제나 관세 폭등 같은 일이 일어날 수도 있어요. 그만큼 국제 사회에서 영향력이 큰 공신력 있는 기관이죠.

국내에서는 교사들이 목소리를 내는 것 자체가 정치적 중립을 위반할 소지가 있어서 적극적으로 문제를 제기하기 어려웠는데, 국제 협약 같은 외부 압력에 의해서 이런 문제들이 풀릴 가능성도 적지 않아요.

하지만 아직은 정치적 의사를 표현할 때 선생님 스스로 주의할 수밖에 없어요. 현실적인 어려움을 유념하고, 본인이 가진 정치적 소신을 아이들에게 열성적으로 표현하는 건 조심하는 편이 좋겠죠. 이런 부분이 현장에서 잘 지켜져야 외부에서 법과 제도를 만들 때 근거를 얻을 수 있으니까요.

교사도 민주 시민입니다

김택수   2020년 4월 23일 헌법재판소는 「국가공무원법」과 「정당법」상의 교원의 정당 가입 제한은 합헌으로, 정당 외 정치 단체의 결성과 가입 제한은 위헌으로 결정했어요. 즉, 교원의 정당 가입은 여전히 금지하지만 정당 외의 정치 단체 가입이나 결성 금지는 명확하지 않은 제한이기 때문에 위헌이라고 한 것이죠.

이 결정은 교원의 정치 단체 가입이나 결성을 포괄적으로 금지하는 것을 위헌이라고 확인했다는 데 의의가 있어요. 그러나 여전히 정당 가입과 활동이 금지된다는 점, 구체적으로 정치 단체를 특정하면 역시 그 가입과 활동을 금지하는 것으로 해석할 수 있다는 점에서 교원의 정치적 자유를 전향적으로 확대한 결정이라기보다, 구체적인 금지 여부와 유형에 대해서는 입법자의 결단에 따르도록 한 결정이라 볼 수 있죠.

또한 우리나라 헌법은 공무원의 기본권과 주체성을 인정하면서도, 국민 전체에 대한 봉사자로서 지위를 정하고(제7조 제1항), 교육의 정치적 중립성도 명시하고 있어요(제31조 제4항). 학생들이 편향적이지 않고 균형 잡힌 사고와 판단을 할 수 있도록 하기 위함이죠.

문제는 현행 법제가 헌법의 취지를 조화롭게 실현하지 못하고 있다는 거예요. 법령상 불필요하거나 과도한 제한은 삭제하고 최소한의 제한만 정하는 등 기본권의 핵심적인 내용을 보장하면서도 직무 관련 중립성을 준수할 수 있는 구체적인 법안을 모색해야 해요. 이러한 변화는 우리나라의 정치와 민주주의 발전에도 크게 도움이 될 것이라고 기대해요.

양지열 따지고 보면 선생님 입장에서는 억울한 일이에요. 공무원에게 정치적 중립을 요구하는 가장 주요한 목적은 정치권력이 공무원에게 간섭해서 감 놔라, 배 놔라 하는 일을 막겠다는 것이거든요. 권력이 어떻게 바뀌어도 흔들리지 않고 지켜야 할 것들이 있으니까요. 그런 원칙이 선생님들에게도 적용되는 것인데요. 나라마다 원칙을 적용하는 정도가 달라요.

우리나라는 많이 엄격한 편이라 정당 가입이나 정치 단체 결성 등의 행위는 일절 금지하고 있죠. 아무래도 과거의 정치적 교훈 때문인 것 같아요. 권위주의 정권 시절에 관권 선거나 금권 선거가 판을 쳤잖아요. 고무신이나 막걸리를 나눠 주고 집권당에 표를 찍게 만들었죠. 그런 일을 반복하지 않겠다는 것인데 그러다 보니 아예 정치에 관한 말을 입 밖에 꺼내지 못하게 만들어 버린 거예요.

이제는 시대가 달라졌으니 바뀌어야 해요. 게다가 「공직선거법」이 개정되면서 생일이 지난 고등학교 3학년도 투표를 할 수 있게 됐잖아요. 아이들이 학교가 아니면 어디에서 정치를 배워야 할까요? 정치를 제대로 배우지 않고 인터넷을 통해 잘못된 정보를 얻은 아이들은 그것만이 진리라고 생각하게 될 수 있어요. 무조건 교사의 입을 막을 것이 아니라 학교에서 어떻게 아이들과 정치에 대해 이야기할지 고민해야 할 시기가 왔다고 생각해요.

김현희　교사는 교사이기 이전에 한 명의 시민이에요. 각자 다른 정치 성향과 신념을 가질 수밖에 없어요. 반드시 특정 정당에 대한 호불호로 나타나지 않더라도, 환경과의 상호 작용 속에 암묵적이고 역동적으로 발현돼요. 교사에게 정치 성향이 없어야 한다는 건 마치 '교사는 음악 취향이 없어야 한다.'는 말처럼 비상식적일 뿐만 아니라 애초에 불가능한 요구예요.

사실 교육의 정치적 중립성은 매우 낡은 담론이죠. 정권이 바뀌면 투쟁하는 교육계 세력이 달라지는 것만 봐도 교육의 정치적 중립성은 위선이자 허구예요. 저는 오히려 중립의 의무를 부르짖으면서 정치 혐오와 기피를 조장하는 이들이야말로 가장 저열한 방식으로 정치적인 행위를 하는 것이라고 생각해요.

교사의 정치적 기본권 박탈은 역사적으로 박정희 정권의 악의적인 법률 개정과 헌법 조항에 대한 자의적 해석에서 기인한 바가 커요. 우리나라 교육의 명시적 목표가 '민주 시민 양성'인데, 시민으로서의 기본권을 박탈당한 교사들이 '민주 시민 교육'을 제대로 할 수 있을까요? 이 코미디는 정말 끝낼 때가 됐어요.

이상우　페이스북에 '좋아요'를 누르는 것도 불안해서 못 누르는 것이 현실이에요. '좋아요' 한 번 눌렀다고 큰일 날 일은 거의 없지만 특정인의 고발이나 권력 기관의 수사 의지에 따라 자칫 선거법 위반으로 다뤄질 가능성도 있어요.

실제로 선거 운동 기간에 자신이 비판하는 후보의 기사를 링크했다가 선거법 위반으로 오랫동안 시달렸던 선생님의 사례가 있어요. 몇 번씩 이와 같은 일을 반복해서 유죄 판결을 받은 사례도 있고요.

외국에서는 1966년 국제노동기구와 유네스코(UNESCO)에서 교원 지위에 관한 권고가 나왔는데, 50년이 넘는 세월 동안 놀라운 성장을 이룬 대한민국에서 아직도 이 문제를 다루고 있다는 것은 너무 슬픈 일이에요.

교사의 정치적 기본권은 말 그대로 기본의 문제잖아요. 교단에서는

미국·독일 교사의 정치적 기본권

우리나라와 달리 미국과 독일의 교사는 자유롭게 정당에 가입할 수 있어요. 특히 독일의 경우 학교 안에서는 정치적 상징물을 몸에 착용하지 못하게 하면서도 학교 밖에서 착용하는 것은 허용하고 있고요. 전단지를 배포하는 등의 정치적 선전 활동도 가능해요. 다른 선진국에서도 학교 업무를 중대하게 방해하거나 교육 활동을 혼란에 빠트리는 정도가 아니라면 교사의 정치적 표현의 자유를 보장하고 있어요.

코로나19 사태에도 우리나라의 방역 능력과 시민 의식은 이미 선진국을 넘어섰어요. 경제력은 2020년 GDP 기준으로 세계 10위, 민주주의 지수는 미국과 일본을 제치고 세계 23위예요. 이제 교사의 정치적 기본권 획득은 더 이상 미룰 수 없는 문제가 됐어요. 달라진 시대에 맞추어 교사의 정치적 기본권을 되찾아야 해요. 우리 아이들에게 제대로 된 민주 시민 교육을 하기 위해서라도요.

앞으로 기회가 될 때마다 교사의 정치 기본권 운동에 동참해 주시면 좋겠어요. 비정상을 정상으로 만드는 길이니까요.

정치적 중립을 지키되, 교사도 한 명의 시민으로서 정치적 기본권을 마음껏 향유할 수 있는 날이 오면 좋겠어요.

아무튼,
교권

일단 교권부터 압시다

점심시간에 식사를 하던 한 선생님이 불쑥 아침에 본 뉴스에 대해 말을 꺼냈어요. 수업 중 학생에게 폭행을 당한 교사가 치료를 받고 있다는 내용이었어요. 가만히 듣고 있는데 옆에 있던 선생님들이 맞장구치면서 저마다 고충을 털어놓았어요.

"아휴, 교권이 너무 떨어졌어요."

"무서워서 교실에 들어가기 겁나요."

부임한 지 얼마 되지 않아 직접 겪어 보진 못했지만 선생님들의 이야기를 들어 보니 언젠가는 내게도 이런 일이 일어날 수 있겠다는 걱정이 들더라고요. 갑자기 일을 맞닥뜨리기 전에 나름대로 대비를 하는 편이 좋겠다고 생각하고 자료를 찾아보기로 했죠. 하지만 교권에 대해 아는 것이 많지 않아 어디서부터 찾아보면 좋을지 막막하기만 하네요.

교권이 뭐예요?

김택수 지금까지 교사를 힘들게 하는 여러 가지 교권 침해 사례를 살펴봤어요. 저 역시 교권 침해라는 말에 예민하기만 했지, 교권에 대해 구체적으로 고민한 적은 거의 없었던 것 같아요. 교권을 보호하려면 일단 교사인 우리가 교권에 대해 제대로 알고 있어야 하지 않을까 하는 생각이 들어요.

저도 벌써 19년 차 교사지만 누군가 저에게 교권이 무엇이냐고 묻는다면 명쾌하게 대답할 자신이 없어요. 교사의 권위? 학생을 가르칠 권리? 한자를 풀이하면 단어 자체의 뜻은 설명할 수 있지만 그 이상은 어려워요. 추상적인 질문이겠지만, 교권을 어떻게 정의하면 좋을까요?

김현희 현재 교권의 의미에 대한 합의가 제대로 이루어진 상황은 아니에요. 전통적이고 보수적인 관점에서는 교권을 여전히 스승의 도덕적 권위 정도로 이해하는데 그건 시대 흐름에 맞지 않다고 봐요. 오히려 교권은 교사가 교육 활동을 정상적으로 수행할 수 있는 권한, 즉 '교육권'에 더 가깝죠. 앞으로는 교권보다 '교육권'이라는 용어를 사용하는 것이 교권에 대해 이야기할 때 야기되는 불필요한 혼란을 줄일 수 있다고 생각해요.

이상우 엄밀히 말하면 교권의 명확한 법적 정의는 없다고 볼 수 있어요. 『교육권론』(노기호)에도 '교권' 대신 '교육권'이라는 말을 쓰고 있고

「교원지위법」에도 '교권'이라는 용어를 사용하지 않아요. 그나마 「교육공무원법」 제43조 제1항 '교권은 존중되어야 하며'라는 구절에서 '교권'이라는 용어를 사용했지만 따로 정의를 내리지는 않았어요. 대신 '교육 활동'이란 말을 함께 쓰고 있죠.

선생님들이 주로 말하는 교권의 의미는 '학생의 학습권을 보장하기 위한 권한'이에요. 권한은 자기 자신이 아니라 타인의 권리 실현을 위해 법률적인 효과를 발생시킬 수 있는 자격을 뜻해요. 그런 의미에서 보면 교권은 수업 내용과 방법, 평가 방식을 선택할 수 있는 권한이 아닐까요? 학생을 가르쳐야 할 교사에게는 필수 불가결한 권한인 셈이죠.

양지열　교권의 정의를 적극적으로 내리지 않은 이유는 뭘까요? 그건 정의를 내리는 것이 오히려 교사들이 가진 권리를 제한할 수 있기 때문이에요. 'A, B, C를 할 수 있다.'라고 적어 놓으면 D는 할 수 없는 것이 될 수 있거든요. 교권을 폭넓게 보장하기 위해서 정확한 정의를 내리지 않았다고 볼 수 있는 거죠. '자유는 뭘 할 수 있는 거죠?'라는 질문에 구체적으로 대답할 수 없잖아요. 그런 것과 유사하다고 생각하면 돼요.

넓은 의미에서 본다면 교권에는 권력, 특히 정치권력으로부터 간섭받지 않을 권리라는 의미가 들어 있어요. 정해진 교육과정과 교과서를 준수하는 선에서 교육의 자율성을 보장하고, 외부의 권력이나 간섭으로부터 교사의 권한을 보호하겠다는 뜻이죠.

어떤 행위가 교권 침해에 해당할까?

이상우 「교원지위법」 제15조에서는 교육 활동 침해에 해당하는 행위를 구체적으로 나열하고 있어요. 이 조항에 따르면 형법에서 금지하고 있는 폭행, 상해, 명예훼손, 손괴, 성폭력 또는 정보 통신망을 이용한 성희롱이나 성적 불쾌감 조성 등이 교육 활동 침해 행위에 해당해요.

⚖️ **교원지위법 제15조**(교육 활동 침해 행위에 대한 조치)

----

① 제3항에 따른 관할청과 「유아교육법」에 따른 유치원 및 「초·중등교육법」에 따른 학교의 장은 소속 학교의 학생 또는 그 보호자 등이 교육 활동 중인 교원에 대하여 다음 각호의 어느 하나에 해당하는 행위를 한 사실을 알게 된 경우에는 즉시 교육 활동 침해 행위로 피해를 입은 교원의 치유와 교권 회복에 필요한 조치를 하여야 한다.
② 「형법」 제2편 제25장(상해와 폭행의 죄), 제30장(협박의 죄), 제33장(명예에 관한 죄) 또는 제42장(손괴의 죄)에 해당하는 범죄 행위
③ 「성폭력범죄의 처벌 등에 관한 특례법」 제2조 제1항에 따른 성폭력 범죄 행위
④ 「정보통신망 이용촉진 및 정보보호 등에 관한 법률」 제44조의7 제1항에 따른 불법 정보 유통 행위
⑤ 그 밖에 교육부 장관이 정하여 고시하는 행위로서 교육 활동을 부당하게 간섭하거나 제한하는 행위

하지만 이 항목들이 학교에서 일어나는 모든 교권 침해 사례를 포괄할 수는 없어요. 그래서 교육부는 「교육활동 침해 행위」 고시로 이런 문제점을 보완하고 있어요. 해당 고시를 근거로 「교원지위법」에 명시된 행위가 아닐지라도 반복적으로 교사의 정당한 교육 활동을 간섭했다고 인정되면 교권 침해 행위로 볼 수 있게 됐죠. 또 학교장이 「교육

공무원법」제43조 제1항을 위반한다고 판단했을 경우도 교권 침해 행위에 해당한다고 할 수 있게 됐어요.

⚖️ **교육공무원법 제43조**(교권의 존경과 신분 보장)

----

① 교권은 존중되어야 하며, 교원은 그 전문적 지위나 신분에 영향을 미치는 부당한 간섭을 받지 아니한다.

김현희 교육부가 「교육활동 침해 행위」 고시를 추가하긴 했지만 여전히 개선되어야 할 부분이 남아 있어요. 특히 '학교장이 「교육공무원법」 제43조 제1항에 위반한다고 판단하는 행위'라는 전제는 교권 침해 여부에 대한 판단을 학교장의 재량에 맡긴다는 의미인데 당연히 논란의 소지가 있죠.

한편 학생이나 학부모, 동료 교사나 관리자가 아니라 사회나 교육 당국으로부터 겪는 교권 침해도 있어요. 예를 들어 학교 폭력 문제가 사회적으로 심각한 이슈가 되면 갑자기 「인성교육진흥법」이 만들어져요. 그에 따라 학교에서는 인성 교육을 의무적으로 실시해야 하고, 교사들도 의무 연수를 받아야 해요. 교사인 저는 그 인성 교육의 취지나 세부 내용에 대해 전혀 동의할 수 없는데도 말이죠.

비극적인 안전사고가 일어났을 때도 마찬가지예요. 학교는 갑자기 안전 교육 시간을 확보해야 하고 교사들은 안전에 대한 의무 연수를 받아야 해요. 취지나 효과성에 대한 동의 여부는 차치하고 그런 사항들을 결정하고 시행하는 과정에서 학교와 사회, 교육 당국 간에 논의가 전혀 없어요. 교사들은 상황에 대해 인지하기는커녕 교육의 필요성에 대한 이해가 없는 채로 지시만 따르는 거죠. 저는 그럴 때 교권이 침해받고 있다는 생각을 많이 했어요.

양지열 김현희 선생님이 말씀하신 사례는 제가 처음 설명했던 정치 권력으로부터의 교권 침해에 가까워요. 그럴 때 교육 당국에서 중심을 잡고 선생님들이 수업에 더욱 집중할 수 있게 해 주면 좋은데 그렇지 못할 때가 많죠. 사회에서 큰 사고가 터지면 공교육에 비난의 화살을 돌리고 학교에 책임을 떠맡기는 경우도 자주 봤어요.

교권은 정말 추락하고 있을까?

김현희 개인적으로 교권이 '추락했다'는 표현에 동의하지 않아요. 추락이란 말은 높은 곳에 있다가 떨어졌다는 의미인데, 제가 볼 때 한국 사회에서 교사들의 교권은 높은 곳에 있었던 적이 없거든요.

과거 독재 정권 시절에 학교는 억압과 통제 시스템의 일부로 사회에서 작동했고 폭력과 촌지 문제 등이 만연했죠. 그 시절 교사들이 가졌던 권한을 건강한 '교권'이라고 볼 수는 없어요. 교사들이 교육 당국과 사회로부터 교육의 전문성과 자율성, 정치적 중립성을 보장받았던 것도 아니고요. 한국의 역사, 사회적 압력과 문화, 무비판적인 개인들의 조합 속에서 교사들은 지금껏 한 번도 제대로 된 교권을 가져 본 적이 없다고 생각해요. 한국 사회는 이제 막 교권이 생성되고 있는 단계예요. 그러니 '교권 추락'이라는 표현보다는 '교권 형성의 시작'이란 표현이 더 적절하다고 봐요.

양지열 실제로 지금의 교권은 이전부터 많은 교사들이 노조나 단체 활동을 통해서 지켜 왔던 권리잖아요. 교사들이 교권을 신장하기 위해서 애쓰는 동안 사회의 다른 분야에서도 인권을 신장하기 위해서 많은 노력을 했어요. 지금은 교권뿐만 아니라 학생 인권도 함께 태동하고, 성장하는 중이에요. 시도 교육청 차원에서 「학생인권조례」를 제정하기도 했죠. 교권이 추락했다고 보기보다 다른 분야의 인권과 걸음을 맞춰 나가는 과정이라고 보는 게 더 적절할 것 같아요.

이상우 예전에는 '스승의 그림자도 밟지 않는다.' '군사부일체'처럼 관습적으로 사용하는 말에서도 교사의 권위에 대한 존중이 드러났어요. 아이가 집에 가서 "엄마, 나 선생님한테 혼났어."라고 말하면 부모님은 "어이구, 우리 상우 괜찮니?"가 아니라 "그렇게 학교에서 열심히 공부하라고 했더니 선생님 말 안 듣고 뭐 했어. 내일 선생님께 죄송하다고 해."라고 말하는 분들이 많았고요. 당시에는 교사가 동네에서 가장 고학력자인 경우도 많았어요. 그때와 비교하면 교권 침해에 대한 빈도나 강도는 확실히 심해진 것 같아요.

그래도 한편으로 선생님들이 '교권'이라는 말에 대해 자부심을 가졌으면 좋겠다는 생각도 해요. 교사는 국가와 부모로부터 교육에 대한 권리를 위임받은 사람이잖아요. 교육에 있어서 교사보다 훌륭한 전문가는 없어요. 교육 전문가로서 선생님들 스스로 자부심을 가졌으면 좋겠어요.

내 권리는 내가 지킨다

　요즘 저를 가장 힘들게 하는 것은 소통을 빙자한 학부모의 잦은 연락입니다. 방과 후에 연락하는 것도 곤란하지만 더 큰 문제는 민원의 내용이에요. '학원에서 이미 배운 내용이다.' '과제의 수준이 너무 낮다.' '시험 문항이 애매하다.'라고 하면서 제가 하는 수업의 내용과 방식을 지적하시거든요.

　처음에는 '자녀에 대한 걱정이 많으시구나.' 하고 좋게 생각하려 했지만 점점 선을 넘는 학부모의 간섭에 연락처를 알려 드린 것을 후회하고 있어요. 심란한 얼굴로 자리에 앉아 있으니 동료 선생님이 무슨 일이냐고 묻더라고요.

　"교권보호위원회를 열어 보면 어때요?"

　"이런 일도 교권 침해에 해당하나요? 왠지 안 된다고 할 것 같은데….'"

　고개를 갸웃거리며 묻자 동료 선생님도 확답을 하지 못했어요. 그동안 교권 침해라는 단어에 예민하기만 했지 모르고 있는 것이 많다는 것을 새삼 느끼게 된 순간이었습니다.

교사를 위한 법, 「교원지위법」

이상우   사고가 일어나기 전에 필요한 정보를 미리 알고 있는 것은 정말 큰 힘이 되죠. 선생님들도 교권이나 교사 처우에 대한 정보를 잘 알고 있어야 하고, 모른다면 알려고 노력하는 자세가 필요해요. 책이나 인터넷 외에도 교육청, 특히 교권 변호사를 통해 많은 정보를 얻을 수 있어요. 일부 선생님들은 교육청 소속이니까 교육청 편을 들지 않을까 걱정하는데 제가 상담했던 선생님들의 대다수는 교권 변호사로부터 확인한 정보가 도움이 됐다는 반응이었어요. 특히 법이라는 건 해석의 차이가 있을 수 있잖아요. 혼자 알아보기 어려울 때는 교권 변호사에게 꼭 도움을 요청해 보세요.

한편 선생님 스스로도 법을 좀 알고 있어야 해요. 모든 법을 알 필요는 없고 교권과 관련된 법 정도면 충분해요. 저는 「학교폭력 예방 및 대책에 관한 법률」부터 시작했어요. 거기다 「학교폭력 가해학생에 대한 조치별 적용을 위한 세부 기준 고시」, 대통령령, 시행 규칙 등을 다 보고 나니 자신감이 생기더라고요. 실제로 교권보호위원회의 규정과 「교원지위법」은 유사한 지점이 많거든요. 「초·중등교육법」, 「교육기본법」 그리고 「교원지위법」 정도는 평소에 읽어 두는 걸 추천해요.

그중에서도 교권 보호와 가장 직접적인 연관이 있는 법은 「교원지위법」이에요. 정식 명칭은 「교원의 지위 향상 및 교육활동 보호를 위한 특별법」이에요. 이 법의 앞부분에는 교원 보수 우대(제3조), 교원의 불체포 특권(제4조) 등 교사의 지위와 권리에 관한 내용이 나오고, 뒷부분에는 말 그대로 교육 활동 보호를 위한 내용(제14조)이 나와요. 2019년 10월 17일부터 개정된 「교원지위법」이 시행되었는데 이전과 비교했을 때 어떤 점이 달라졌는지 알아 두면 좋겠어요.

먼저 법률지원단 구성과 운영에 대한 부분이 명백히 조항으로 나와 있어요. 관할청은 교사가 요청하는 경우 교육 활동 침해 행위를 관할 수사 기관에 반드시 고발할 의무가 있고요. 대부분 형법에 관련된 상황이긴 하지만요.

구상권에 관한 조항도 있어요. 교권 침해로 치료비나 기타 비용이 발생하였을 경우 교육청이 이를 부담하고, 차후에 유책 사유가 있는 사람에게 구상권을 청구하는 거죠. 또한 학교 폭력 실태 조사처럼 연 1회 정도 교권 실태 조사를 해야 하고, 교권 침해 예방 교육도 실시해야 해요.

개정 전과 비교했을 때 가장 강화된 조항은 학생에 대한 징계 조치예요. 이전에는 학생선도위원회를 통하지 않고는 징계 수위가 약했는데 이제는 1호 교내 봉사부터 7호 퇴학 조치까지 가능해졌어요.

이 외에 교육청에 의한 교권 침해는 주로 고충처리심사위원회나 국가인권위원회에 상담 또는 신고를 하고, 관리자나 동료 교사에 의한 교권 침해는 직장 내 괴롭힘으로 분류될 수 있어서 교육청 갑질 신고 센터나 지방노동위원회에 구제 요청을 할 수 있어요. 교내 교권보호위원회 또는 시도 교권보호위원회의 도움을 받을 수도 있고요.

위기에 처한 교사를 구하는 교권보호위원회

양지열　교권을 침해당한 교사가 가장 직접적인 도움을 얻을 수 있는 곳은 교권보호위원회예요. 「교원지위법」 제19조에 따라 교권 침해 행위가 발생했을 때, 교사가 요청할 경우 학교는 교권보호위원회를 열어야 할 의무가 있어요. 그런데 많은 선생님들이 교권보호위원회에 대해 잘 모르고 있더라고요. 교사의 자력으로 해결할 수 없는 일이라면 관리자에게 상황을 공유하고, 관리자가 교내에 교권보호위원회를 열게 해야 해요.

공식적인 제도를 이용해 문제를 해결하는 것은 일종의 공론화 과정이에요. 혹시나 일이 커져서 법적 분쟁이 벌어진다면 구제받기 위해 노력하는 과정을 거쳤는지 여부가 판결에 중요한 영향을 끼쳐요. 그 과정들을 거치면서 쌓인 증거 자료들이 있거든요. 그래서 초기부터 공식적인 절차를 밟는 것이 중요해요. 이 과정을 거치면 최종적으로 구제받을 확률도 더 높아져요.

이상우　교권을 침해받았을 때, 선생님들이 도움을 얻을 수 있는 위원회 제도는 생각보다 많아요. 일단 교내에서 학생 선도를 목적으로 여는 학생선도위원회가 있고요. 징계 처분에 대해 이의가 있을 때는 교원소청심사위원회의 도움을 얻을 수 있어요. 교내 상하 관계에서 지나친 갑질 행위가 일어났다고 판단되면 지방노동위원회나 지방노동사무소에 문의할 수 있고, 교육부와 교육청 갑질 신고 센터나 국가인권위원회의 도움을 받을 수도 있어요. 실제로 교사의 정치적 기본권을 심하게 침해한다는 이유로 국가인권위원회가 교육부에 권고한 적도 있어요.

저는 솔직히 위원회를 좋아하지 않았어요. 취지는 좋지만 어디까지나 형식적으로 존재하는 것 같고, 일이 처리되기까지 시간도 많이 걸리니까요. 막상 나온 결과는 권고 사항들이라 개선하지 않아도 딱히 제재할 수 없어요.. 그래서 「교원지위법」이 개정되기 전까지는 교권보호위원회가 유명무실했죠. 지금은 제도를 점점 보완해 가고 있는 추세이니 선생님들도 필요할 때는 교권보호위원회의 존재를 떠올려 주면 좋겠어요.

김현희 학교 현장에서 교권보호위원회가 잘 활용되지 않는 원인에 대해서 짚어 볼 필요도 있어요. 「교원지위법」이 개정되기 전에는 교권보호위원회의 실효가 없었고 개정 후에는 제도의 허점을 파고드는 문화적인 문제가 많이 생겼어요. 교권보호위원회를 여는 것이 일을 너무 키우는 것은 아닐지 걱정하는 선생님들도 많고요.

예전에 교권 침해를 당한 동료 선생님에게 교권보호위원회를 제안한 적이 있었는데 그분이 "그런 게 있었어? 이런 일로 열어도 되는 거야?" 하고 묻더라고요. 또 어떤 분은 "열 수는 있지. 그런데…." 하고 말끝을 흐리셨고요.

이분들의 반응에는 여러 가지 이유가 있어요. 일단 상당수의 선생님들이 교권 침해를 개인의 실패로 받아들여요. 내가 학생들과 관계를 제대로 맺지 못해서, 혹은 학부모에게 신망을 얻지 못해서 이렇게 됐다고 자책하는 거예요. 전혀 그럴 필요가 없는 경우에도요.

게다가 학교 현장에서 위원회가 구성되는 과정을 지켜보면 과연 잘 운영될 수 있을지 의문이 들 때가 많아요. 학교에는 교권보호위원회 말고도 위원회가 많이 있는데 위원회마다 위원을 구하는 것이 굉장히 힘들거든요. 그래서 한 명이 여러 위원회의 위원을 겸하는 경우가 많아요. 이렇게 되면 맡아 주는 것만으로도 고마운 모양새가 되죠. 게다가 위원장은 대부분 교감이 맡으니까 아무래도 교사 입장에서는 부담이 될 수밖에 없는 구조예요. 특히 학교 현장에서 관리자나 동료 교사로부터 교권 침해가 발생했을 때는 더욱 그렇죠. 교권에 대한 이해가 높고, 현장 경험이 풍부하면서 학교 구성원들로부터 신뢰를 얻을 수 있는 분들이 위원회를 운영하면 좋겠어요. 실현하기 어렵고, 이상적인 말일 수 있어요. 하지만 아무리 좋은 제도라도 제대로 운용되는 것은 구성원들의 역량에 달린 경우가 많기 때문에 반드시 고려했으면 하는 부분이에요.

법알못 선생님들을 위한 법률지원단

양지열 선생님들이 도움을 받을 수 있는 제도 중에 '법률지원단'이라는 제도도 있어요. '과연 이 정도 사안으로 문제를 제기해도 되나?'고 민될 때 판단을 도와줄 수 있는 제도예요. 법률지원단을 만나 비슷한 사례를 찾아보면서 자신이 처한 상황에 대한 판단을 할 수 있으니 적극적으로 활용하면 좋겠어요.

이상우 각 시도별로 법률지원단이 마련되어 있어요. 저는 교권 침해로 힘들어하는 선생님을 만날 때마다 법률지원단에 연락해 보라고 조언을 해요. 안타까운 것은 그분들이 법률지원단의 존재조차 모르고 있는 경우가 굉장히 많다는 거예요. 사정을 털어놓으면 약점을 잡히는 것은 아닐지 우려하기도 하고요. 절대 그럴 일은 없으니까 적극적으로 법률지원단을 활용하면 좋겠어요.

⚖️ **교원지위법 제14조의2**(법률지원단의 구성 및 운영)
----
① 제15조 제3항에 따른 관할청은 「학교폭력 예방 및 대책에 관한 법률」 제2조 제1호에 따른 학교 폭력이 발생한 경우 또는 교육 활동과 관련하여 분쟁이 발생한 경우에 해당 교원에게 법률 상담을 제공하기 위하여 변호사 등 법률 전문가가 포함된 **법률지원단을 구성·운영하여야** 한다.
② 제1항에 따른 법률지원단의 구성 및 운영에 필요한 사항은 교육부령 또는 시·도의 교육 규칙으로 정한다.

양지열 시도별로 구성된 법률지원단의 인원이 많지는 않아요. 수요가 적거든요. 그분들에게 자꾸 연락해서 물어보고 귀찮게 해야 변호사들도 교육청에 혼자서는 못하겠으니 인원을 충원해 달라고 말할 수 있어요. 그러다 보면 시도에 배당되는 변호사의 수도 자연스럽게 늘어나겠죠.

이상우 만약 법률적인 도움이 필요하다면 적어도 3~4곳 이상 연락해 보세요. 우선은 무료로 이용할 수 있는 교육청 법률지원단의 교육 활동 보호 변호사에게 자문을 구하고요. 그다음에 교원 단체나 교사 노동조합에 속한 변호사, 마지막으로 사설 변호사에게 연락하는 거예요. 전화로 짧게 문의하는 정도는 따로 비용이 들지 않아요.

김현희 교육청에서도 법률적 차원의 교육 활동 보호 방안들이 나오고 있어요. 예를 들어 서울특별시교육청은 서울 지역 모든 교원을 대상으로 '교원배상책임보험' 계약을 체결했어요. 교육 활동과 관련하여 교원에게 소송이 들어오면, 한 사람당 최대 500만 원의 소송 비용을 지원한다고 해요. 경상남도교육청은 '원스톱 지원'으로 법률 상담, 심리 치료 등을 제공하고 있고, 다른 지역의 교육청에서도 여러 가지 방안들을 내놨어요. 좋은 취지를 살리고 지속적으로 효과를 일으키려면 법률지원단의 자격 요건이나 신청 절차 등을 신중하게 고려하고 제도를 보완해 가야 해요. 교권보호위원회와 법률지원단도 마찬가지예요. 아무리 훌륭한 제도라도 접근성이 높지 않으면 무용지물이 될 테니까요.

교권 침해도 예방이 될까?

오늘 아침, 옆자리 동료 선생님이 조심스러운 목소리로 제게 물었어요.

"부장 선생님 소식 들으셨어요? 이번에 휴직하신대요."

학년 부장 선생님이 생활 인성 지도를 하던 학생에게 심한 폭언을 듣고 휴직계를 제출했다는 소식이었습니다. 그분은 평소 교사의 권리 신장과 처우 개선에 목소리를 높이며 열심히 활동하던 분이셨는데 이런 소식을 들으니 마음이 좋지 않았어요. 아무리 사고는 불시에 일어난다고 하지만 이렇게 갑자기 주변 동료가 힘든 일을 겪게 되리라고는 예상하지 못했거든요. 다시는 저와 동료들이 이런 아픔을 겪지 않도록 교권 침해를 예방할 수 있는 방안이 있을까요?

교권 침해 예방의 첫걸음

김택수 소 잃고 외양간 고친다는 속담처럼 일이 터지고 나서야 미리 대비하지 못했던 것을 후회하는 경우가 많아요. 물론 대비한다는 것이 말처럼 쉬운 일은 아니에요. 사고는 언제, 어디서, 어떻게 일어날지 모르니까요. 학교에서 선생님이 겪는 어려움도 마찬가지예요.

김현희 자주 벌어지는 교권 침해 사례나 관련 법률을 알고 있으면 조금은 예방이 가능할 것 같아요. 의외로 학교 현장의 교사들이 교권 침해의 정의나 범위조차 제대로 모르고 있는 경우가 많거든요. 학교 안전, 흡연, 학교 폭력 등에 대해 예방 교육을 하는 것처럼 교권 침해도 교육 차원의 예방이 필요하다고 생각해요.

다만 그 시작은 교권에 관한 교육적·사회적 합의를 제대로 정립하는 것이어야 해요. 예방 교육의 대상도 교사뿐만 아니라 학생, 학부모, 사회 전체로 이어져야 하고요.

이상우 저는 주로 교권 침해를 교통사고와 많이 비유하는데 교통사고처럼 교권 침해도 어느 정도는 예방이 가능하다고 생각해요. 물론 제대로 예방을 하려면 교권 침해가 무엇인지, 어디서 도움을 받을 수 있는지, 내가 할 수 있는 조치는 무엇인지 등 교권에 대해 가능한 많이 알고 있어야겠죠.

학교 폭력 예방 교육에 대해 이야기할 때 사람들은 예방에도 한계가 있다는 말을 많이 해요. 하지만 실제로는 교사와 학생 모두 예방 교육 이후에 학교 폭력의 강도나 빈도가 전보다 줄었다는 것을 느껴요. 물론 정보 통신 기술의 발달로 학교 폭력의 유형이 다양해진 것은 사실이지만 지속적이고 외적인 상처가 심각한 사안들은 많이 줄었어요. 그 기저에는 갈등 조정 및 감정 조절 능력과 학교 폭력 처벌에 대한 교육이 있었기 때문이고요.

「교원지위법」에 따르면 고등학교 이하 각급 학교장은 학생, 학부모 그리고 교사에게 연 1회 의무적으로 '교육 활동 침해 행위 예방 교육' 프로그램을 실시하게 돼 있어요. 이전까지는 신청하는 학교에 한해서 진행했기 때문에 아마 대부분의 선생님들이 교권 관련 교육을 받지 못했을 거예요. 따로 연수를 듣지 않는 이상 교육을 받을 기회가 거의 없는 거죠.

김택수 교권 침해와 관련된 예방 교육을 받는다면 내가 어떻게 행동하고 어떤 절차에 따라서 움직일 건지 방향을 정하기 쉬울 것 같아요.

양지열 연 1회 교육을 듣는 것만으로 뭐가 바뀌겠냐고 생각할 수 있지만 학교 폭력 예방 교육이나 흡연 예방 교육도 넓은 의미에서는 교권 침해 예방 교육이 될 수 있어요. 폭력에 대한 올바른 생각을 정립할 수 있고, 흡연 때문에 교사와 학생 간에 발생하는 갈등도 예방할 수 있거든요.

무엇보다 예방 교육이 필요한 이유는 문제 상황에 직면했을 때, 무지에서 오는 막막함이 해소될 수 있기 때문이에요. 문제의 원인과 해결 방안이 존재하는지만 알고 있어도 절반 이상은 해결되는 것 같아요.

생생하고 현실적인 정보 수집하기

김택수 그야말로 교권 침해는 아는 것이 힘이겠네요. 하지만 혼자서 책이나 인터넷으로 찾는 정보는 한계가 있어요. 단편적인 상황만 나열되어 있으니 실제로 적용하기도 어렵고요. 보다 생생하고 현실적인 정보를 얻으려면 어떻게 해야 할까요?

이상우 비슷한 입장에 있는 교사들을 직접 만나 이야기를 들어 보는 것도 좋은 방법이에요. 서로의 고충에 대해 공감하고 위로하면서도, 본인을 힘들게 하는 원인이나 상황에 대해 객관적으로 판단하도록 돕거든요. 당사자는 문제를 정확하게 인식하지 못할 수도 있고, 대수롭지 않게 여길 수도 있어요. 특히 교권과 관련된 법령이나 매뉴얼은 자주 바뀌는데, 잘못된 정보를 알고 있는 경우가 생각보다 많아요. 그럴 때 주변 사람들과 교류하다 보면 정보의 오류도 바로잡을 수 있고, 더 좋은 해결 방안을 찾을 수도 있어요. 내가 가진 정보와 다른 선생님이 가진 정보를 교류하는 과정이 필요해요.

교권과 관련된 가장 좋은 자료를 가진 곳은 교원 단체와 교원 노조예요. 가지고 있는 자료의 양도 많고, 최신 정보로 빠르게 업데이트되고 있어요. 모두 양질의 정보를 제공하지만 노조나 단체에 따라 뉘앙스의 차이가 있으니 여러 곳의 자료를 함께 살펴보고 균형 있는 시야로 사안을 판단하면 좋겠어요. 만일 혼자 해결하기 어려운 일이 생겼다면 교원 단체나 교원 노조의 도움을 받아 문제를 극복하고, 나아가 도움이 필요한 동료 선생님들에게도 자신의 경험을 나누는 기회를 가졌으면 좋겠어요.

양지열 SNS나 즐겨 찾는 커뮤니티에 글을 올려서 조언을 구하는 것도 하나의 방법이에요. 다양한 경험을 손쉽게 접할 수 있거든요.

다만 인터넷에 글을 올릴 때는 지나친 주관 또는 가치 평가를 넣지 않는 편이 좋아요. 본인이 겪고 있는 문제의 사실 관계를 객관적으로 설명하고 적절한 조치 방안은 무엇인지 정보를 구하는 내용이면 더 좋고요.

만일 지나치게 한쪽으로 치우친 평가나 사실 관계가 명확하지 않은 내용일 경우 정확한 정보를 얻기가 더 힘들 수 있어요. 사람들이 내가 처한 상황을 객관적으로 살펴보고 적절한 대처 방법을 알려 줄 수 있도록 육하원칙을 준수하면서 사실 관계를 중심으로 글을 써 보세요. 그래야 더 많은 공감과 도움을 얻을 수 있어요.

주변 사람들과 이야기하고 인터넷에 글을 쓰라는 것이 막연한 방법이라고 생각하실 수 있어요. 하지만 그렇게라도 첫발을 떼는 것이 공론화의 시작이에요. 지금 옆에 있는 동료도 좋고, 평소에 가깝게 지내는 지인도 좋고, 사회생활의 멘토처럼 여기는 분도 좋아요. 누구든 함

사이버상의 명예훼손이란 다른 사람을 비방할 목적으로 정보 통신망에 남들이 알 수 있도록 사실이나 허위 사실을 올리는 거예요. 그리고 그 사실의 내용은 누군가에 대한 세간의 평가를 떨어뜨리는 것이어야 하고요.

예를 들면 "A 교감의 행위가 교권 침해에 해당되는지 궁금해요."는 명예훼손이 성립될 가능성이 낮은데, "A 교감은 나쁜 사람이에요."는 명예훼손이 성립될 소지가 있어요. 비방하는 글과 자문을 구하는 글은 뉘앙스부터 다르거든요.

물론 글을 쓰다가 보면 나도 모르게 사실보다 감정이 담길 수 있어요. 하지만 명예훼손의 경우 그 글로 인해 공익적 효과가 발생한다고 판단되면 위법성이 조각될 수도 있어요. 쉽게 말해서 잘못한 것은 맞지만 용서받을 수 있다는 거죠.

그리고 또 하나, 글에 나오는 대상을 특정할 수 없도록 써야 해요. 만약 "저는 중학교에서 일하는 교사인데, 저희 교감 선생님이 회식을 너무 자주 해서 힘들어요."라고 썼다면 이 글만으로는 누구의 이야기인지 알 수 없어요.

하지만 "저는 서울 양천구의 중학교 교사인데, 교감 선생님이 지인의 가게 매상을 올려 줘야 한다며 매번 지인의 부대찌개 식당에서 회식을 합니다." 이렇게 쓰면 적어도 주변 사람들은 그 교감 선생님이 누구인지 금방 알 수 있겠죠.

댓글도 마찬가지예요. 댓글이나 파생 글도 원문과 별개인 새로운 글로 취급받기 때문에 대상을 특정하거나, 특정할 수 있는 여지를 주지 않아야 해요. 그래야 불필요한 오해나 분쟁을 피할 수 있으니까요.

께 이야기를 나누다 보면 크게 두 가지 효과가 따라와요.

첫째는 도저히 내 선에서 해결이 되지 않아 분쟁에 들어갔을 때 그 분들이 증인이 될 수 있어요. 공식적인 제도를 거칠 때는 증거 자료가 굉장히 중요하거든요.

두 번째는 그렇게 이야기하다 보면 해결 방법이 저절로 생각난다는 거예요. 이 두 가지 장점만 따져도 공론화의 과정은 반드시 필요해요.

김현희 공론화의 필요성에 대해서는 저도 공감해요. 교사 한 사람 안에는 여러 가지 모습이 있어요. 누군가의 자녀이기도 하고, 부모이기도 하고, 친구이기도 하고, 배우자이기도 하죠. 그중에서도 교사로서 직무를 수행하는 과정에서 벌어진 일은 대부분 공론화해도 좋은 문제예요. 나 혼자만의 문제가 아니거든요.

물론 공과 사를 구분해서 자신에게 벌어진 일을 해석하고, 공적 의제로 설정하는 일 자체가 지성이 필요한 작업이에요. 하지만 이런 과정을 겪어야만 학교와 사회가 발전할 수 있어요. 공론화 자체가 목적이라기보다 그 과정을 통해 교사들이 자기효능감을 느끼는 것이 중요하다고 생각해요.

교권 침해 예방의 올바른 방향

김현희 교권 침해 예방에 있어서 가장 시급한 건 교사의 직무 범위를 명확히 하는 거예요. 교사의 직무가 명확하지 않으니까 교권 침해의 범위도 분명해질 수가 없고, 당사자들의 주관적인 판단이나 대중 요법에 의존하는 경우가 많아요.

해외 사례를 예로 들면 영국의 교육법은 교사의 직무에 대한 구체적인 지침을 마련해서 그 범위를 명확하게 규정하고 있어요. 교사의 권리와 책임 범위, 직무의 범위와 내용, 방법, 절차 등을 미리 고지해 국가 차원에서 교육 활동을 보호하겠다고 선언하는 거죠.

캐나다의 교원 단체는 교사의 직무 범위를 '수업 실시, 실제 학급 지도, 수업 준비, 평가와 보고, 학급 질서 유지'로 정하고 이를 방해하는 모든 행위를 교권 침해로 규정하고 있어요.

우리나라도 교사의 명확한 직무 범위를 법령으로 마련해야 해요. 현재 교사들은 수많은 민원과 교권 침해 행위에 노출되어 있는 것은 물론이고 교육 활동과 행정 업무조차 구분되지 않은 환경에서 소모적인 분쟁에 휩싸여 있어요.

또 하나, 역설적으로 들릴 수 있지만 교권 침해의 근본적인 해결을 위해서는 청소년 시민권과 민주 시민의 의무에 대한 이해와 합의가 이루어져야 해요.

우리나라의 교육 환경은 위선적인 측면이 있어요. 명백한 수업 방해나 교권 침해 행위가 일어나도 교사가 능동적으로 대응하지 못해요. 그렇다고 학교에서 학생 인권이 충분히 보장되는 것도 아니고요. 수업 방해나 교권 침해도 제대로 해결하지 못하면서 학생들의 염색이나 머리 길이 따위에는 여전히 시시콜콜 간섭하고 규제한다는 거죠. 제가 볼 때는 몹시 이상한 일이거든요. 학교가 이렇게 된 원인에는 교육 환경 저변에 깔린 국친 사상의 영향도 있어요.

국친(國親)은 국가가 구성원들의 부모 같은 존재라는 의미인데, 이 의미가 학교에도 그대로 적용이 되어서 학교가 학생들의 집이고 교사는 학생들의 부모가 되는 거예요. 교사와 학생의 관계를 부모와 자식의 관계로 이해하는 관점은 구성원들을 독립된 인격체로 보지 않을 위험이 있어요. 말로는 학생들을 보호한다면서 학생들로부터 권리와 책임을 동시에 박탈하는 거죠. 학생들이 교복 입은 시민으로서 정당한 권리를 누리게 하려면 그에 맞는 책임 의식도 갖게 해야 해요. 그게 민주 시민 양성이라는 학교 교육의 근본 이념에도 부합하고요.

양지열 학생은 학생으로서 보장받아야 할 인권을 주장하고, 교사는 교육자로서 교권을 지키고 싶어 하는데 이 두 가지 권리가 어떻게 하면 어울릴 수 있을지 아직 혼란스러워하는 상황인 것 같아요.

어쩌면 지금은 한창 바뀌고 있는 단계예요. 교사와 학생 사이에 새로운 공적 관계, 새로운 사적 관계를 형성하고 있는 단계라는 것을 항상 염두에 두면 좋겠어요. 이런 갈등이 쓸모없고 소모적인 일이라고 생각하지 말고, 마음의 여유를 갖고 접근하자는 거죠.

김현희 어떤 상황에서도 완벽한 예방은 있을 수 없고, 또 학교와 사회에서는 예측 불가능한 상황이 계속 발생하잖아요. 그러니까 현재의 조건에서 최선을 다해 실천적인 지식을 구성하면서도 어느 정도는 융통

성과 유연성이 있어야 해요. 교권에 대해 알아 간다는 것은 교사의 전문성을 갖춰 가는 과정과 마찬가지라는 차원에서 접근하면 좋겠어요.

또 전반적인 교권 신장을 위해 동료 교사들과 연대하려는 노력도 필요해요. 교직에 있으면서 저를 가장 힘들게 했던 것 중 하나는 외로움이었어요. 같은 상황에 처해 있어도 나와 같은 문제의식을 가진 사람이 없다, 나만 힘들다, 나만 예민한 것 같다는 생각이 들 때 정말 힘들더라고요. 지금도 외로울 때가 없는 건 아니지만, 전보다 더 의연할 수 있는 건 혼자가 아니라는 연대 의식 때문이에요. 내 옆에 단 한 명의 동료라도 있다면 어떻게든 살아갈 수 있고, 어떻게든 길이 보여요. 서로가 서로에게 그런 존재가 되어야 해요. 선생님에게 일어나는 모든 일은 선생님 혼자만의 일이 아니라는 생각을 가졌으면 좋겠어요.

마지막으로 하고 싶은 말은 우리가 교권에 대해 폭넓은 관점을 가지고 서로 소통하기 위해 노력해야 한다는 거예요. 솔직히 지금은 사회적 합의는 고사하고, 교직 사회에서조차 교권에 대한 합의가 제대로 이루어지지 않았어요. 교권 신장 운동을 하는 분들과 학생 인권 운동을 하는 분들 사이에도 충돌이 일어나고 있고요. 교권 신장을 주장하면 왜 학생 인권은 모른 척하냐고 하고, 학생 인권 신장을 주장하면 교권이 이렇게 추락했는데 학생 인권이 먼저냐고 싸우는 거죠. 그렇게 언쟁을 벌이는 모습 자체가 대중이나 일반 교사들에게는 괴리감으로 다가오고, 그게 사회의 온도가 되는 것 같아요.

하지만 생각해 보면 교권과 학생 인권은 충돌하기는커녕 서로 연결된 지점이 압도적으로 많아요. 철학적이고 논리적인 토론을 통해 설득의 고리를 찾아야 할 것 같아요.

이상우 너무 걱정할 필요는 없을 것 같다는 말씀도 드리고 싶어요. 교직이 민주적으로 변화하고 있잖아요. 선생님들이 교권에 대해 찾아볼 수 있는 자료들도 많이 나오고 있고, 「교원지위법」이나 「학교폭력예방법」도 강화되고 있어요. 매년 학생들이 바뀌고 새로운 사람들과 마주해야 하는 어려움이 있지만, 그래도 저희들은 이전보다 더 민주적인 환경에서 생활하고 있거든요.

당장 눈앞에 있는 상황이 어렵고 힘들어도 각자의 위치에서 많은 사람들이 노력하고 있으니 함께 이겨 낼 수 있어요. 모르면 이제라도 알아보고, 차근차근 대응하면 되니까 선생님들도 너무 걱정 말고 당당하게 교육 활동을 해 나가면 좋겠어요.

양지열 아이들이 다칠까 하는 걱정 때문에 학교에서 체육 시간을 없애려고 한다는 기사를 본 적이 있어요. 그런 식으로 위축되기 시작하면 선생님들은 아무것도 못 해요. 그건 누구에게도 바람직한 방향이 아니에요. 결국에는 선생님들 스스로 자기 권리에 대해 관심을 갖고 불합리한 부분을 개선하려는 노력이 중요해요. 그러다 보면 어느새 학교는 조금씩 좋은 방향으로 바뀌고 있을 거예요.

김택수 예전에 개인 SNS에서 다른 선생님들에게 "만일 선생님이 어려움을 겪고 있다면 주변에서 어떻게 해 주길 바라나요?"라고 물은 적이 있어요. 그때 다수의 선생님들이 "힘들지? 밥이나 한번 먹자."라는 말이 큰 힘이 됐대요. 자살 징후라고 하죠? 어려움을 겪는 사람들은 그 전에 징후를 보이잖아요. 주변에 힘들어하는 동료 교사가 있다면 모른 척하지 않았으면 좋겠어요. 교권을 보호하는 가장 중요한 실마리는 결국 교사들의 연대니까요.

교사도 위로가 필요해

최근 저는 회사에 가기 싫은 직장인들의 마음을 십분 공감하고 있어요. 아이들이 좋아 교사가 되었지만 요즘처럼 학교에 가기 싫었던 적이 없어요.

반 아이들과 친하게 지내고 싶어 짓궂은 장난도 몇 번 받아 주었더니 아이들이 저를 너무 편하게 대하기 시작한 것이 문제의 발단이었어요. 말대꾸를 하거나 선을 넘는 장난으로 수업을 방해하는 빈도가 늘었거든요. 한번은 아이들의 태도가 더 나빠질까 걱정돼서 진지하게 혼을 냈더니 오히려 필통을 바닥에 던지며 소리를 질렀어요. 저와 비슷한 체구의 아이가 과격한 행동을 하니 놀라서 아무것도 못하겠더라고요.

그날 이후로 저는 아이들이 조금만 큰 소리를 내도 깜짝 놀라며 예민해지고, 아이들의 얼굴을 보기가 무서워졌어요. '또 나에게 욕을 하고, 소리치면 어쩌지?' 하는 걱정에 잠도 잘 못 자고, 급기야 우울 장애 진단까지 받았어요. 교사가 되어 행복했던 예전과 달리 교실에 들어가는 것조차 두려워진 저는 이제 어떻게 하면 좋을까요? 다시 웃으면서 교실에 들어갈 수 있는 날이 올까요?

상처받은 교사들

김택수 사고를 예방하는 것도 중요하지만 이미 다친 상처를 치료하는 것도 못지않게 중요해요. 교권 침해로 겪는 외상과 트라우마 문제가 무척 심각하죠.

제 주변에도 학생으로부터 폭언을 듣고 2주간 병가를 냈던 선생님이 있어요. 지금은 많이 좋아지긴 했지만 그때 힘들어하면서 눈물을 흘리던 선생님의 모습을 잊을 수가 없어요.

이상우 교직에 대한 인식과 교사에 대한 처우는 나아졌지만, 교권 침해로 고통받는 선생님들은 더 많아지고 있어요. 열정적으로 교육했다가 오히려 아동 학대로 신고를 당해서 몇 개월 동안 시달리기도 하고, 학교 폭력을 교육적으로 해결하려고 했다가 사안을 은폐하려 했다는 이유로 형사 소송과 민사 소송에 시달리기도 하죠.

당장은 내 일이 아니라 대수롭지 않게 생각할 수 있지만 교사라면 누구나 겪을 수 있는 일이에요. 이런 일을 한 번 겪게 되면 충격과 고통에서 벗어나기 정말 힘들어요. 내가 아무리 정당하게 교육하고 합리적으로 업무를 처리해도 피해를 받을 수 있다는 두려움은 겪어 보지 않으면 알 수 없어요. 문제가 생겨도 도움을 요청하지 못하고 혼자서 견디다가 더 큰 마음의 병을 앓는 경우도 많아요.

김현희 동료 선생님 중 한 분은 도덕 시간에 본인의 발언을 몇몇 학생이 잘못 이해하는 바람에 아동 학대 혐의로 검찰 수사까지 받는 고초를 겪었어요. 결국 무혐의 처분을 받고 학교로 돌아오셨지만 아직도 수업할 때 힘들다고 하세요. 학생이 본인의 말을 또 잘못 이해할까 봐 수업할 때 녹음이라도 해야 하나 싶었다는 글을 읽는데 가슴이 아프더라고요.

또 다른 분은 교사의 모든 말과 행동을 의심하고 곡해하는 학부모 때문에 어려움을 겪으셨어요. 뭐든지 색안경을 끼고 보기 시작하면 어떻게든 꼬투리가 잡히잖아요. 사안 자체는 대강 해결되었지만 그 이후로 이 선생님은 어떤 교육 활동을 설계할 때 아주 조금이라도 민원의 소지가 있을 것 같으면 무조건 포기하게 된다고 해요. 이런 일들은 교사에게 상처가 되는 것은 물론이고 추후 교육 활동에도 안 좋은 영향을 끼쳐요.

교사의 회복을 위한 제도적 지원

양지열 교권 침해를 겪은 선생님들의 회복과 치유를 위한 제도적 지원의 필요성은 우리 사회 전반에서 새롭게 강조되고 있는 부분이에요. 선생님들의 트라우마 문제 역시 제도적으로 지원해야 하는 부분이고요. 그전에는 권리에 대한 인식과 제도를 진일보시키는 데만 관심이 있었다면, 이제는 남아 있는 상처를 치료하는 것도 굉장히 중요하게 여기고 있어요.

국가나 교육 당국에서는 교사들의 사후 트라우마를 치료하기 위해 여러 가지 제도적인 지원 방법을 마련해 두고 있어요. 구체적으로는 전국 시도 교육청에 설치된 교원치유지원센터가 있는데, 교권 침해나 업무로 인한 스트레스로 힘들 때 도움을 받을 수 있어요. 심리 상담은 물론이고 법률 상담도 가능하고요. 센터 자체에서 일대일 혹은 단체로 진행하는 치유 프로그램들도 제공하고 있어요. 보다 심층적인 도움이 필요한 상황이라면 외부의 전문 기관과 연계해 주고 관련 법령에 따른 지원금도 제공하고 있고요. 콜센터와 인터넷 상담 프로그램도 운영하고 있으니까 도움이 필요하면 어려워 말고 연락해 보세요.

이상우 아직은 개선하고 보완할 점이 많긴 하지만, 교육청 차원에서도 악성 민원에 시달리고 있는 선생님을 위해 '교원배상책임보험'이라는 것을 마련했어요.

교원배상책임보험은 교육 활동과 관련된 업무 수행 중 발생한 사고에 의해 소송이 제기될 경우 민사상 손해 배상금이나 변호사 비용 등 소송에 필요한 경비와 업무상 과실로 인한 손해 배상을 책임지는 전문인배상책임보험이에요. 경기도는 2억까지 보장해 주고 있어요. 실제로 학교 폭력 상담 업무를 담당하면서 학부모의 악성 민원에 시달리던 선생님이 이 보험의 도움을 받은 사례도 있어요.

최근에는 교육청마다 교원치유지원센터 또는 교권보호지원센터를 운영하고 있어요. 하지만 많은 선생님들이 그 사실을 모르고 있고, 알아도 연락하는 일이 거의 없어요. 센터에 기록이 남아서 나중에 불이익을 당하지 않을까 하는 걱정이 있는 것 같아요. 누가 센터에 상담을 신청했다는 기록은 남지 않으니까 도움이 필요할 때는 교원치유지원센터에 연락해 보는 것도 좋은 방법이에요.

김현희　지금보다 더 많은 선생님들이 교원치유지원센터나 교원배상책임보험 같은 제도의 도움을 받게 하려면 접근성과 효율성을 높일 수 있는 방안에 대해 계속 고민하고 보완해야 해요. 제도의 취지를 더욱 살리기 위해서라도요. 교육청 교원치유지원센터 이용이나 교육청 소속 변호사와의 상담만 지원하는 것이 아니라 당사자가 선택한 치료 센터를 이용하거나 원하는 변호사와 상담하는 경우에도 제도적으로 지원하면 좋겠어요. 구체적인 방법은 좀 더 논의가 필요하겠지만요.

교사 치유를 위한 제도를 만들 때는 일본의 사례를 참고해도 좋을 것 같아요. 1990년대 후반 일본에서는 지나치게 자기중심적인 학부모, 평가 제도 등이 교사의 교육 활동을 침해하면서 다수의 교사가 정신 질환에 시달리는 사태가 벌어졌어요. 이때 일본 교육부는 교직원 정신 건강을 위한 대책을 예방과 사후 휴직·복귀 프로그램으로 나눠서 수행했어요.

일단 예방 차원에서는 스트레스 관리, 상담 등의 과정을 마련했어요. 특히 복귀 과정을 예비, 적응, 준비 단계로 나눈 것이 인상적이었죠. 예비 단계에서 교사는 휴가 중에 예비로 학교에 나와 학교생활에 점점 익숙해져요. 적응 단계에서는 업무 내용을 파악하고 업무에 익숙해질 수 있는 기회를 주고요. 마지막 준비 단계에서는 복직을 위한 제

반 조치들이 이루어져요. 학교장은 복직 프로그램의 경과를 지켜보고 관련자들의 의견을 들으면서 적절한 지원 방안을 모색해요.

제가 주목했던 건 피해 교원을 위한 대책이 매우 체계적이고 종합적이라는 점이었어요. 피해 교원이 받는 고통은 일회적이거나 일시적이지 않을 가능성이 높고, 어떤 식으로든 교실에서의 교육 활동에 영향을 끼치게 돼요. 그런 점에서 이런 방식의 접근이 반드시 필요하죠.

피해 당사자뿐만 아니라 주위 동료에 대해서도 충분한 배려가 필요해요. 피해 당사자의 주변에서 사태를 지켜본 것만으로도 유무형의 피해를 입을 수 있거든요. 게다가 피해 교원의 복귀 과정에서 동료들의 지원과 참여는 많은 영향을 끼칠 수 있어요

회복과 치유를 위한 개인적 노력

이상우 저는 힘들 때일수록 선생님들이 잘 먹고, 잘 쉬는 것이 좋다고 생각해요. 마음이 힘들면 몸도 안 좋아지고, 그러다 보면 다시 마음이 힘들어져서 몸이 더 안 좋아지는 악순환이 반복되거든요. 세월호 사건이나 쌍용차 해고 사건 같은 일을 겪은 분들이 트라우마에 시달려서 큰 병을 앓거나 극단적인 선택을 하는 것은 견디기 힘든 고통 가운데 건강을 해쳐서 생기는 일이에요.

저는 학교에 힘든 일이 있어도 잠자는 시간을 최대한 확보하고 식사도 제때 챙겨 먹으려고 노력해요. 주말까지 업무가 밀려 있어도 틈틈

이 시간을 내서 가족과 1박 2일로 여행을 가기도 하고요. 너무 힘들면 조퇴를 하고 집에서 쉬기도 해요.

『비폭력 대화』(마셜 B. 로젠버그)를 읽은 것도 제가 어려움을 이겨 낼 수 있었던 원동력이었어요. 처음에는 학급을 운영할 때 도움을 얻으려고 샀던 책인데 오히려 지금은 스스로를 위로하고 격려하는 데 도움을 받고 있어요. 요즘도 힘들면 이 책을 읽으면서 스스로를 치유하는 시간을 가져요. 가끔은 비폭력 대화 연습 모임에 가기도 하고요. 모임에 나온 분들이 제 이야기를 아무 편견 없이 들어 주고, 저조차 깨닫지 못하는 감정에 공감해 주실 때마다 대화의 힘을 실감하죠.

양지열　교사라는 직업의 특수성 차원에서 접근해 볼 필요도 있을 것 같아요. 일반적인 회사에는 신입 사원부터 대리, 과장, 부장 등 수직적인 직급이 있어요. 복사기 쓰는 법도 잘 몰라 어리바리하는 시절을 거쳐야 하고, 선배의 도움을 받아 가며 성장하는 시기가 있기 마련이죠.

물론 선생님들도 교무실에서는 그런 경험을 해 봤을 거예요. 하지만 교실에서는 처음부터 혼자 아이들을 책임져야 하는 절대적인 위치에 서는 거잖아요. 얼마나 어려운 일일지 저로서는 상상하기도 어려워요. 아이를 키워 본 적도 없는데, 갑자기 수십 명의 자녀들이 생기는 거나 마찬가지잖아요? 아무리 준비를 해도 힘들 수밖에 없을 거예요. 예상하지 못한 상황에 헤매고 당황하는 것은 당연한 일이에요. 교사라는 이름의 무게가 자신을 짓누르고 있는 건 아닌지 한 번쯤 돌아볼 필요도 있어요. 책임감을 가지는 것과 책임질 수 없는 일까지 짊어지는 건 다른 거예요. 두 가지를 잘 구별해서 스스로에게 필요 이상으로 엄격하지 않았으면 좋겠어요.

김택수 저희가 앞서 이야기를 나눴던 사례들은 교사라면 누구나 겪을 수 있는 일이에요. 그때마다 혼자 끙끙 앓고 힘들어하기보다는 동료를 비롯한 주변 사람들과 터놓고 대화하면서 도움을 구할 수 있었으면 좋겠어요. 그러다 보면 반드시 제도나 법이 아니더라도 내 곁에 나를 지지하고 응원하는 사람들이 많이 있다는 사실을 알게 될 테니까요.

선생님도 학교 가기 싫을 때가 있습니다

상처 입기 전에 알아야 할 현명한 교권 상식

초판 1쇄 발행 • 2021년 2월 23일
초판 2쇄 발행 • 2023년 12월 7일

지은이 • 김택수 김현희 양지열 이상우
펴낸이 • 김종곤
편집 • 소인정 김은주 김유라
펴낸곳 • (주)창비교육
등록 • 2014년 6월 20일 제2014-000183호
주소 • 04004 서울특별시 마포구 월드컵로12길 7
전화 • 1833-7247
팩스 • 영업 070-4838-4938 / 편집 02-6949-0953
홈페이지 • www.changbiedu.com
전자우편 • contents@changbi.com

ⓒ 김택수 김현희 양지열 이상우 2021
ISBN 979-11-6570-049-2 03370